詩と短編小説集

あの山のふもとまで

浅野勝美

Katsumi Asano

はじめに

地球上には、たくさんの生きものたちが生存しています。我々、人もその仲間なのです。ひとたび命を授かれば、頑張って生きるのは当然なことですし、それは権利であり義務でもあります。みんな平等で一括りなのに、人は動物、植物で区別します。

ずっと昔、我々の祖先は木の上で寝たり、水を求めて野山を放浪し暮らしてきました。食べ物にありついてひと安心すれば、次には獣に襲われることだってあったでしょう。時の経過を経て、人は文字をつくり言葉や火を使うようになりました。気がつけば、他の生きものたちとの間に違いが生まれました。

人ばかりでなく生きるものすべてが、地球環境の厳しい変化に適応しつつ命を繋いできました。この瞬間にも、自然の摂理に真正面に向かい合い生きています。人が頂点に存在している、と思いがちですが動植物たちだって、きっと自分たちが頂点にいる、と感じているはずです。人がこの世を支配している、と捉えるのは思い込みに過ぎません。そこに立っている一本の樫の木や、その根元を走り回る野生動物は、人と出くわし果たしてどんな感情を持つでしょうか。共に自然に育まれ、共存し合う相手なのです。私はいつも、同じ目線で接し続けられたらと思っております。

地球と言う星には、生きるための魅力が溢れております。人にとっての魅力と動植物たちが生きる、人が知り得ない魅力が接触し合い、そこに相容れない部分が発生します。人と同じく動植物たちも、持って生まれた本能とも言うべき法則に従って生きています。それぞれが、必要不可欠な部分を抱えて生きているからせめぎ合いが起きてしまいます。

この度、こうした私の思いを一冊の本にまとめ、お伝えできる喜びは計り知れません。本書が、皆様の癒しの手助けとなれば光栄です。

目次

詩

つつじ

小高い山の上
杉木立の　わずかなすき間に　つつじが花を咲かせている
一本だけが　いったいどこから来たのだろう
風のいたずらなのか
日当りもままならぬこの場所で
運命《さだめ》とばかりに生きている

時には野鳩がやって来て
「君の仲間たちが　ふもとの川岸にはいっぱいいるよ」
と　こっそり耳打ちしてくれる
ある夜　野ねずみがやって来て

「町の公園では　仲間たちが大きな花を咲かせているよ」
と　教えてくれる

月の光に包まれ　孤独な夜が過ぎて行く
冬には　まわりの枯れ枝と共に　冷たい風を耐え忍ぶ

次の春には　もっと沢山の花を咲かせよう
太い幹を作り　丈夫な枝葉を伸ばすのだ
皆とは　まるで違う世界に生きているけれど
「ここにも花を咲かす仲間がいる」
と　伝えてほしい
それだけで　新らしい希望が湧いてくる

蟻の行列

蟻の行列が
朝露に湿った軒下を急いでいる
垣根の杭をくるりと迂回し
草の林を一直線だ
かた時も休まず　長い行列は続く
行き先は　先頭の蟻しか知らない
だから　はぐれないようについて行く
うっかり　ぶつかるものもいる
ごめんね　と言っているようだけど
挨拶もそこそこに　前へ……

おっと　引き返すものがいる
僕の落とし物　知らないかい？
かまっちゃいられないよ！

と　君たちだけの合図なのか
押し戻されもせず　後ろへ……

それとも

ひとり遊んでいるうちに
行列に囲まれてしまったのか
帰り道さえ定まらず　さて　どうしたものか
向こう側へ行きたくても　ゆずってもらえない

わからない

君は　この行列の監督なのだ
列を乱すものを　叱っている
前に続け　とばかりに励ましている
どれだけの蟻が　ここを通ったのか
あの行列は　どこへ行ってしまったのか
お昼時にはもういない

ネズミの餅つき

ネズミの餅つきは屋根裏です
母さんネズミが餅米蒸して
父さんネズミがぺったんこ
年の瀬迫って
子供たちもお手伝い
家族そろって　お鏡餅を作ります
ネズミの姿もこしらえました
そうです　父さんにそっくりのお餅ができました

ネズミの正月は寝正月
雑煮を食べて太り気味
楽しい想い出が行き交います

初日を拝むのも夢の中

猫には正月がありません
お腹を空かせて屋根裏へ
父さんネズミのお餅を見つけると
襲いかかって　さぁ大変
噛めど硬くて歯が立ちません
何度襲っても同じこと
驚いた猫はもう来ません

初夢にみたのは何でしょう
それは　年の暮れの餅つきです
ペッタン　ペッタン
父さんネズミのお餅も忘れずに
家族ぐるみの　餅つきです

昼寝時

蝉が鳴いている
池のほとりの大きな欅《けやき》の葉に包まれて
どこに居るとも分からない
木そのものが　ミーン　ミーン　と騒がしい
昼寝場所を求めて　池のほとりにやって来たのに
いい枝ぶりを見つけ　ハンモックに揺られても眠れない
枝の下の私が　目障りなのだろうか
それとも　ひょっこり現われた訪問者に
伝えたい何かがあるのだろうか
ミーン　ミーン　と悲しそう

暗くて　余りにも長かった土の中
やっと光の世界へ出て来ても
鳥についばまれては　次々と姿を消してゆく
与えられた　僅かな時間を謳歌《おうか》しているのに
待ち受ける現実は　なんと理不尽な仕組みなのか
そうとは知らない蝉たちが　今日も土の中から顔を出す
夏のひと時を生きるためにやって来る
そして合唱団の仲間入りをする

蝉のメロディーも　次第に眠気をいざなう
心地よい私に　運命の違いを訴えているのだろうか
人と蝉の　交わることのない午後のひと時

やれやれ　助かった

今日は　北風が吹きすさぶ寒い一日だった
明日の朝は　雪景色になっているだろう
農夫は肩をすぼめ　無口のまま家路を急ぐ
これからは　春まで石ころ道も歩けない
野良仕事は　雪解けの日までお預けだ
寒空の下で働いた身体は　硬くぎこちないが
囲炉裏の赤い火がほぐしてくれる
女房の温かい猪汁が待っている
奮い立たせる丸い背に　粉雪が舞う
夕暮れ時には　吹雪に変わった

「やれやれ　助かった」
農夫は軒先で　冷えた身体をパンパンと叩き　土埃りを落とす
すると　てんとう虫が一匹ぽろりと落ち
あわてて　農夫の上着に飛び付いた

家の中は暖かい　でも身体はまだ　ぶるぶると震えている
女房が入れた熱い茶をすすると
「やれやれ　助かった」
と　同じことを言い　囲炉裏端で上着を脱ぎ　ポイと投げ出した
今度は　驚いたてんとう虫が
「やれやれ　助かった」
と言い　農夫の肩に止まった

葉裏に寄り添い　仲間たちと一緒に冬を越すのに
このてんとう虫は　のけ者にされてしまったのか
運よく農夫の上着に取り付き　暖かい部屋までやって来た
女房が
「お前さん　何をお供に連れて来たんだい？」
と言って　笑った
農夫は　何も知らぬ気に囲炉裏の火に手をかざす
てんとう虫は　天井裏のすすけた茅に飛び付き　身を潜めると
「やれやれ　助かった」
と　同じことを言った
農夫の家では　今年もいよいよ冬の暮らしが始まった

いにしえの響き

トン　トン　トン　と
老人は二本の竹筒を持ち　交互に水路の底をつつく
田を存分に潤おした流れも　秋になればその勢いは無い
よどんだ流れをつつきながら下流へと進む
驚いたドジョウは　ぬかるんだ川底から顔を出し
濁った水の異常を知る
泥の中に潜り込んでいたら　老人の竹筒に潰される
流れに沿って　早く逃げた方がよい
ドジョウたちは　助かったとばかりに慌てて飛び出す
しかし　その先には仕掛けがあるのだ
老人が作った堰《せき》が　通せんぼをしている

流れは堰の中央に備えられた　生け簀へ落ちる仕組みだ
逃げきれたと思いきや　ドジョウたちはここで御用となる

流れに逆らって戻るドジョウもいる
老人の足には　コツコツと当たる感触がある
逃げたドジョウたちを追うことはしない
来季のために　残しておくのだ
泥を落とした手で　白くなったあご髭をなでる
老人が幼いころ　祖父に教わった　漁　だと言う
時々黄色い歯を見せ　満足気に竹筒を動かす老人
その背には　素朴な営みが漂っている
トン　トン　トンと
いにしえの響きが聞こえてくる

狸のうたげ

村はずれの小さな社で
年に一度の豊年まつり
笛や太鼓で　朝からにぎわう鎮守の森
神楽《かぐら》に合わせて　巫女《みこ》の舞
広場では　村人総出の　のど自慢大会
いったい何が起きたのやら
居場所を追われた狸が不服顔
烏帽子《えぼし》をのせた神主さん
祝詞《のりと》を済ませひと安心

村長さんの挨拶もうわの空
ますます眠気をさそいます
広場の　かすかなざわめきが子守歌
神殿で　こっくり始めます

陽が傾いて村人が帰る頃
露店もひけて　静かになった鎮守の森
俺たちの棲家が戻ってきた
狸は　用心深く社をひと回り
お神酒《みき》の残りで神主気どり
お供え食べて　さぁ俺達のお祭りだ
仲間が増え　朝まで続くうたげです

鯰《なまず》の目

立派なひげの大鯰
小さな池で得意顔
口をパクパクさせながら
怖いもの知らずのやんちゃもの
人里はなれた山奥の
小さな世界　鯰の世界
めだかや小鮒を追いまわし
今日も一日親分気取り
池の底に身を伏せて
枯れ葉が落ちても何事か
川の流れも知らないで……

沈んだ木の実がつぶやきました

そんなある日　水が増え
池がどんどん　大きくなりました
水面に浮かんで不思議な顔
いつもの景色がありません
泳げども岸辺は彼方です
疲れ果て　見知らぬ鯉にいじめられ
思わずひげも下がりぎみ
ダムが出来て　すっかり変わった鯰の世界
誰も相手にしてくれません
怖いライギョに追い回され
すっかり臆病になった小さな目
威厳をなくした鯰の目

春の演出

そよ吹く風と山の色
菜の花畑は　春本番の大舞台
生き物たちへのはなむけ
生きているあかしを確かめるため
時を忘れて踊り回る
限られた時間を満喫し
ひたすら春の演出によいしれる

春の舞台は　みんなが主役
じっとしていられない

過ぎ去った日の幻影《まぼろし》
ほころびかけた記憶を
ひとつ　ひとつ集めては繕う
春の舞台へ　私も仲間入り

幼いころの自分を探し出し
そっと話しかけてみる
消えてしまいそうな私は
何も応えないけれど見えている
春の演出によいしれて
舞台で演ずる私の役は
おもかげを訪ねる
春の香りの旅人

栃《とち》の木

はるか昔から
村を見下ろしてきた栃の大木は
実をいっぱい付けたまま
容赦なく切り倒され　命を閉じました
どれほど生きていたかったのか　誰も知らない
村の歴史も終わりです
栃の大木は　谷間の主でした
根元で休んだ旅人や　実をついばんだ鳥たちよ

もう会うことはありません
嵐の日や雪の日は　宿り木となり
動物たちを守り続けた　あの日はもうきません
ズシン　と時の重みを響かせて
大地に横たわってしまった栃の大木
町に出て　どんな姿に変わるだろうか
遠くの山並みを見つめたまま　誰も無口です
残った切り株に　生き物たちが群れています
別れを悲しむ集まりです

はぐれ雲

雲は身軽でいい
いつでも好きなところへ行ける
今日は　どこまで飛ぶんだい
声が届いたら一度でいい
僕の願いを聞いてくれないか
遠い国のこと　教えてほしい

はぐれ雲
いつもひとりきり
今日は　どこまで飛ぶんだい

愛《いと》しい母さんを探して
ポロリ悲しい涙は　雨になる
駆けても駆けても続く広い空

雲は素直でいい
いつでも風と　仲良しになる
今日は　どこまで飛ぶんだい
あの山の向こうの　そのまた向こう
故郷の友が待っている
走れ　走れ風に乗り

冬の訪れ

裏の木戸でカサカサと
落ち葉が　冬の訪れを知らせます
次第に大きなざわめきとなり
少年から　夏の輝きを奪います
思い出を胸にしまい込み
なす術もなく

木戸に　耳をあてがうばかりです
こずえを鳴らす夜の風は
凍てつく冬を運んできます
囲炉裏にたたずむ小さな影は
里山での　大切な秘密を包み込み
静かに春の日を待ちます

あの山のふもとまで

虹が見えている
大きくて　色鮮やかな虹
飛び跳ねれば　つかめそうだけど届かない
あの山のふもと目指して　自転車を走らせる
野を越え　林をくぐり抜け
長い道を一目散に　虹の元を目指す

この手でつかんでやる
蛍を捕らえた時のように
手の中で光るのかな
あの虹を思いっきり吸い込んだら
ピエロのような僕になるのかな

皆を驚かせてやろう
胸がわくわくし　楽しくてたまらなかった
しかし　そこに虹は無かった
そよ風に草木がなびくだけ
虹は　もっと遠い所で丸い橋を造っている
僕は　不思議な気持ちでその虹を見つめていた
すると身体が　スッと浮き上がり
虹の中へと吸い込まれていった

朝　目覚めると
家には自転車があり　色のついてない僕がいる
青い山は　悠然とそびえ立ったまま動かない
いつもと変わらない風景だ
夢に現われた虹は　まだ僕のなかで息づいている
もう一度自転車を走らせよう
今度こそ　あの山のふもとで虹をつかむのだ

大木の響き

広い野原を歩き　険しい山の斜面を登り
里へ下りて来る
里では　安息の日々のあと　再び野原へと出て行く
川を渡り　暗い森を抜け　雨風にさらされる
人の世は　行ったり来たりの毎日
あの顔もこの顔も　繰り返した挙句　この世を去る
野や山は　試練ばかりではない
斜面を登れば　草や木が語りかけてくれる

大木が　老いた私を見下ろしている
何も言わないが　私の生涯をお見通しだ
根元に腰を降ろして　時をさかのぼれば
幼い日の音が聞こえてくる
大木の中では　亡き友が満身の笑みで私と遊んでいる
語りかけると　逃げて行ってしまう
命がある限り　大木の織りなす世界へは入れないのだ
耳を澄ませ　そっと寄りかかる
ひとつの歴史が終わったのだ
いずれ私も　この大木の中に入る
一人残されて　今日もかすかな響きを尋ねに来る

子豚の散歩

子豚が　柵を抜け出し散歩です
尻尾をふりふり　あちらこちらへ歩きます
春の景色に包まれて　思わず気分も上がりぎみ
おやおや　林のせせらぎに阻まれ　さて　どうしよう
何度挑戦してみても　小さな流れが越せません
やはり気になる　短い足

子豚が　遊び疲れて昼寝です
耳をピクピク動かして　グーグーいびきをかいてます
アブが飛んできて　鼻を刺しても気付かぬまま
まだ　夢の世界にいるのかな
もう目覚めないと　日暮れだよ
やはり気になる　丸い鼻

僕の秘密

裏山のふもとには　僕の秘密がある
ランドセルを放り出したまま
駆け出して行く
しげみをくぐり抜け
何事も無かったことを確かめる
僕の秘密が守られた

初夏の日差しに照らされ
ぬるま湯になった水たまりに
おたまじゃくしがいる
僕は　今日ものぞいてみた
足が出て　尻尾が落ち
蛙の姿になってゆくのだ

嬉しくて　そっと手の平に乗せてみる
ある日　突然数が減り始めた
学校に居ても心配だ
茂みをくぐり抜けると
信じられない光景があった
白い鳥が　僕の秘密をついばんでいる
追っても僕のいない時に来る
大切なものが壊されてゆく
とうとう　水たまりだけになってしまった
悔しさの余り　ばしゃばしゃとかき回してみる
やっぱり出てこない
悲しいけれどこれが現実だ
しかし　水面にはもっと現実的な姿が映っている
次の秘密を模索する　僕が映っている

私のふる里

広い道は村を分断し　不釣り合いな風景に変えてしまった
真新しい家並みが続き　村の主が入れ替わってしまったのだ
時がたてばこの風景が　次の世代のふる里となるのだろう
巣を奪われたひばりと　よりどころを奪われた私
ふる里はやはり　あの頃のままがいい

小高い丘に望みを託し　登ってみる
わずかに残った林の間から　風が語りかけてくる
見覚えのある　曲がりくねった小道や雑木林
風が　幸せの扉を開けてくれそうだ
ふる里は　まだここに生きている

楠の大木が現われ　その雄姿に励まされる
渾身の力を振り絞り
お前のその太い枝に　ぶら下がってみる
遠い日の記憶が駆け巡る

ふもとから　かすかに油の臭いが漂う
開発の手が迫っているのだ
あの大きな機械が　いつお前を倒そうか　と思案している
負けじとにらみ合っても　お前は地面に伏すだろう
岩のように動かないでいるが　すぐにその時が来る
ふる里に残った楠の大木
最期の砦までが　破壊されてしまうのだ
心の灯を無くして　どこをさまよえというのか

似たもの同士

それほど孤独がいいのか
ちぎれ雲は　なかなか峠を越さない
白くて柔らかな姿が
青空に　ぼんやりと張り付いている
峠を越すのが　そんなに恐ろしいのか
あと一歩を　踏み出せないでいる

遠くを旅して疲れたのか
やはりお前は動かない
仲間たちは　風に乗って行ってしまったのに

僕を見つめたまま動かない
オーイ！　と声を掛けてみる
僕も　峠の雲を見つめたまま動かない
一人ぼっちで寂しくないかい？
似たもの同士のにらめっこ

峠の雲は　動かない　僕も　木立の傍で動かない
かくれんぼ　皆は僕を置いたまま
どこかへ行ってしまった
でも　峠の雲に見つかった
「明日も　ここで会おうよ！」
秋の日の午後
似たもの同士の　小さな約束

コスモス

雨に濡れても
心が凍てついても
涙など　流さなくていいんです
幸せとは　ほど遠い　いばらの道
振り返っても　あるのは冬の風
荒涼とした過去をさまようなか
やっと見つけたコスモスは
闇を照らす　一粒の明かり
私が生きる確かなあかし

もう一人の私

私の中を汽車が走る
どこへ行くのか分からない
現実のしがらみの中で　もがき苦しみ
空転しそうな動輪は
それでも必死に回転している
決められたレールを　かたくなに走るより
あるがままの気持ちを　自由に走った方がいい
明確な答えを用意しているのに
妥協が許せないもう一人の私は
これでもかとばかりに　苦悩の中をひた走る
吹雪をけ散らし　夏の暑さをものともせず
轟音をたて　私の中をひた走る

遠い日からの伝言

小さな墓石が　苔むして建っている
先祖代々の大きな墓石の横で
いつ取り払われていても　誰も気が付かないだろう
しかし　そうはさせじ　とばかりに頑張っている
その昔　先祖の思いやりがそうさせたのか
ここに居続けるには　訳があるのだ
いつの時代か　助け合い共に生きた事実が残る
姿を変え　墓石の中に生きている

刻まれた文字は　永年の風雨にさらされ
名前も命日も読み取れない

戦に出て　命を落とした人か　路頭に迷う家族なのか
身寄りが無いままに世を去った人か　誰も知らない
たまたま近くに住み　大きな墓石の家人に縁を持った人なのだ
私が立つこの場所にも　その昔この人達の姿があった

この墓石は　手をたずさえ合って生きた証なのだ
家人に挨拶をすませ　とぼとぼと野良仕事の手伝いに出る
この人達の最期は　家人が引き受けたのだろう
硬いきずなで結ばれ　苔むしてさえも生きている
先人達の　時空を超えた命が続いている
「お前達だけの世ではないぞ」
と　言わぬばかりに　凛として動かない

木枯らし

木枯らしは冷たい風
木の葉を散らし
人々を閉じ込める
月の光を凍てつかせ
黒い雲を連れてくる
夜のしじまに包まれて誰も動かない

桑の木の枯れ枝に
干上がった蛙が刺さっている
百舌鳥《モズ》の仕業に違いない

冷たかろうに
土の中へ戻りたかっただろうに
宵の星を見つめたまま動かない

柿の木の小枝に
ミノ虫が隠れている
冬を越すために　我慢の日が続く
寒かろうに
春の日の午後　暖かい日が待っている
それがために　来る日も来る日も動かない

コオロギの悲鳴

秋の夜更けに　悲鳴が聞こえてくる
軒先の　薄暗い茂みに誰かが隠れている
虫たちが奏でる賑やかな演奏に混じって
悲しげなその響きは　時には息苦しくもなり
僕の耳の奥で　喚いている

その日　魚を捕って遊んでいた
突然　後ろから悲鳴がして振り向くと
友は　深みにはまってもがいていた
村の大人達が総出で探し
ずいぶん川下で　沈んだままの友を見つけた
先生は
「星になって僕らを見守っている」

と　言った　皆も
「星になって生きている」
と　言う

毎夜　あの山の上に現われる星なのか
いや　星ではない
友はコオロギとなって戻って来た
ふる里が恋しいのだ
虫たちの演奏に紛れ込み　茂みに佇んでいる
河原で遊んだ続きを　楽しんでいるに違いない
朝になっても　動かない
「ここにいるよ……」
と　露に濡れた身体で僕を待っている
コオロギは　今宵も奏でる
悲鳴にも似たリズムで　我が家を楽しんでいる

夕日の思い出

湖面を走るさざ波と
青空にたなびく白い雲は
山の夕焼けを　一層引き立てる
一日の終わりを告げる太陽
闇に包まれるまでの　一瞬のいとなみが描かれる

あの山も　この湖も輝いていた
自然の息吹きに満ちていた
生き物たちをはぐくみ
四季の彩を演出する立役者だった

町が発展し人々が行き交うと
テーマパークが造られて　大勢の人がやって来た
山が削られると　谷川は枯渇し
生き物たちは　どこかに消えた
里山の散策を楽しむ人々は　偽りの風景を愛で
うわべの自然に納得し帰って行く

湖面の夕日は　私の中に生きている
赤く染まる私が　点となって見えている
はるかな昔の私は　まだ健在だ
無言の抵抗とばかりに　じっとしたまま動かないが
それは　私が生きる道しるべ

心の風景

村のはずれには　大きな川が流れていた
登ったことのない土手は　見上げる程に高く
いつも白い雲が浮かんでいた
土手に分断された向こう側は
どんな風景が展開しているのだろうか
砂漠のような　砂の広がりかも知れない
うっかり土手の上に立てば
雲に呑み込まれ　知らない世界へ持って行かれそうだ
恐ろしい空想が　僕を駆けめぐった

ある日父が　川向こうを訪ねる用事を言いつけた
相変わらず恐ろしい土手であったが

その時ばかりは　父が横に居てくれそうな気がした
走りを止めると　勇気が消えてしまいそうだ
土手のふもとへ着いて呼吸を整えると
腹這いになり　慎重に草の中をよじ登ったが何も見えない
思い切って立ち上がると
見たこともない雄大な風景が広がっていた
川面は　ゆったりと流れており
夏の光が　さざ波のひとつひとつに反射し
生き物のように動いている
草が茂る中洲では　水鳥が戯れている
始めての世界に　とらわれた瞬間だ
このまま　どこかへ連れて行かれてもいい
僕は　心の風景　を知ったのだ
土手に寝そべり
しばらく　遠い雲を見つめていた

里山の社

里山の頂上には　小さな社が祀られている
周りは木立におおわれ　昼間でも薄暗い
所どころ朽ちかけているが　誰も手入れをしない
社の由緒を知る人がいないのだ
苔に覆われた石垣が　無言のまま何かを訴えている

この社が賑わったのは　はるか昔のこと
春祭り　秋の豊年祭　そんな時があったのだ
神輿《みこし》と　飾り付けられた馬が練り歩き
子供から大人まで　心弾んで賑わった

村人に慕われ　生き甲斐でもあった社なのに
今では　そこに建ち続けているだけ
このまま　人知れず朽ちてしまうのか
里山の頂上が寂しくそびえる

最後の砦だとばかりに　鎮座している
それでも人々は　変わらぬ暮らしを続けていく
知らぬ間に　ふる里を忘れてしまったのだ
少しだけ立ち止まってみれば
心のどこかで
祭り囃子《ばやし》の　かすかな音色が聞こえてくるのに
人々は　気付かないふりをする
そわそわと　どこかへ出掛けてしまう

私の絵

赤く染まった山の姿
所どころ　蔦《つた》の葉が黄色い点となって浮き立つ
それは　斜面に描かれた私の絵
日々　微妙に変わる色彩と背景
自然の変化がいとおしい
欲張りな私は　絵に触れたくて山に入ってみる
足元に在るのは　植物たちの息づかいばかり
あの　絵　はどこに行ってしまったのか
私が訪れるのを察して
魔法のように姿をくらます
恥ずかしがり屋な絵なのだ

病室に戻ると再び現れる
窓越しに眺める　あざやかな絵
夕日を浴びて　秋のひとこまを描く
だが　すぐに冬が来て
この絵を　灰色に塗りつぶしてしまうだろう
秋の訪れと共に　慣れ親しんだ私の絵は
指折り数える命となってしまったのだ
それとも　病床に伏せる私が先かも知れない
互いに　今と言う一瞬を生きている
たとえ私が先に去ろうとも
魂は　あの山の上に留まり
私の絵を愛でるに違いない

命

私は　湖の底に沈んでいた
随分と悶え苦しんだ
私の周りには大勢いたのに
うわべだけの　つながりだったのだ
沈んでゆく私に　誰も手を差し出してくれなかった
今さら手遅れだ　もう冷たくなってしまった

いたずら好きな神様が
私を　湖の底から押し上げた
ひょっこり浮き上がって　二回目の命をつないでいる

復讐のために　再びこの世に現われた命
だがあの頃の顔は　皆この世を去っている
孤独な命が　無意味なままで終わろうとしている

何度繰り返したって　生まれてきた理由など分らない
ただ　ひたすらに
この世の空気を吸い続けた事実と
空虚なまま過ぎ去った時の流れは
生れてきたことへの復讐なのだ
もし　三回目の命を生きるとすれば
神様のいたずらが届かない
あの星の裏に　ポツリとあればいい

私に潜む神

神が私に潜み　生きていることは確かだ
突然暴れ出し　忘れられまいともがいている
ある時は　浮遊物のように現れ静かに去って行く

道は流れと離れ　再び寄り添い山裾へとたどり着く
その先は　流れだけが細々と山肌をつたう
急な勾配を　さらに山奥へと吸い込まれて行く
幾日も歩き続ける　幻の自分が現われては消え
岩を飛び跳ね進む　現実の自分と交錯する
そこには　小さな泉が幾つも点在していた
この場所から　大海原へ注ぎ込む
私は　この川の生涯を見てしまったのだ

突然あたりが暗くなり　割れんばかりの雷鳴が轟いた
叩きつける雨に　私は岩陰に身を隠す

稲妻に照らされる風景は　まるで墨絵だ
雲の切れ間に　神　が現れる
ここに留まることは許さない　と
白髭を伸ばし　杖を手にして私を威嚇している

床の間に吊るされた　墨絵の掛け軸と重なる
祖父の自慢の掛け軸だった
墨絵に描かれた　神　を見るのが恐ろしかった
畏敬に満ちた恐怖が　幼い身体に刻み込まれていた

細道や流れは無くなり　祖父の家も人手に渡った
あの　墨絵　さえも何処へいったのか知らない
人生と言う流れも　いよいよ大海原だ
そんな私に　神　が出現するは何故だろう
雲間に現れた　神　や墨絵の　神　は
私と言う　か弱い泉が干上がれば
自分たちの居場所が無くなるのを知っている
だから　私の中で暴れ悲しむのだ

今を生きる

誰もが　一度だけの人生を歩んでいる
古《いにしえ》の昔から
その繰り返しで　命は続いている
時は過ぎ　命も過去のものとなってゆく
だから　今を生きていることが大切なのだ
共に生きている悦び
苦悩があり　失望が付きまとうけれど
それは　誰もが通る関所

疲れたら　遠くにある思い出を旅してみる

心の時間を止め　安らぎの中に自分を置いてみる
浮いたり沈んだりしながら　闇を漂うのだ
人であるがために
ひと休みしては　次の寄り処を探して歩く

あの人も　この人も
あの町も　この町も　今と言う時　を生きている
奇跡という　縁　に結ばれて
つかの間の　命　に張り付いている
誰もが持ち合わせている
一度だけの　今　を歩んでいる

面影

朝早く　鎮守の杜から聞こえてくる
笛や太鼓のかすかな音色
時々チンチンと　鐘の音が混ざり調子を上げる
今日は　年に一度の豊年祭り
もうすぐ神輿《ミコシ》がやって来る
社を目指し　飾り馬が闊歩する
若い衆が獅子舞を奉納すれば　祭りは最高潮
子供達は　露店めぐりが楽しみだ
女達は　着飾って神社へ繰り出し
老人達は　若かりし頃に思いを巡らす
今日は　村を挙げてのお祭り日

懐かしい音色がやって来た

面影を連れてやって来た

夜のとばりが落ちて
すっかり冷たくなった町のはずれ
次の停車駅を目指して　夜汽車が出て行く
町は眠ったように動かないが
私の心は　激しく鼓動する
老いた詫び住まいに　祭りばやしがやって来た
獅子舞が姿を見せ　露店の前に幼い私が佇む
神殿の扉を開ける　神々しい響きに満たされる

汽笛が遠ざかれば
私の　村祭り　も終わりを告げる
幼い私も　夜汽車と共に去って行く

小さな風景

運動場の片隅を　幾つもの大きな酒樽が転がって行く
夏の光を受け　むき出しの白い地面を動いている
時折　桑の葉を揺らせたそよ風が樽を横切る
時を忘れてしまった悠長な動き
下を向いたまま　男が二人がかりで押している
五個の樽は　遅いが確実に前に進む
男達は　申し合わせたように首にタオルを巻き
力を合わせて乱れない
校舎の窓から見る　小さな風景　は
生き物のように周りに溶け込んでいる
酒造所から運び出された樽は

運動場を抜け一ケ所に集められた
何のための移動か分からないが
酒粕の微かな臭いが漂っていた

私は　額の汗を拭いながら畑の土作りをしている
次の作物を想い　試行錯誤の汗である
記憶の中の　小さな風景　をたぐり寄せ畑を耕す
土の中から虫たちが姿を見せれば　心が弾む
老いた私は　耕作が生き甲斐なのだ
首に巻いたタオルで汗を拭き　下を向く
樽が転がるままに　土を掘り起こす
褐色の土塊は　微かな土の臭いを漂わせている
小さな風景に力をもらい　私は今日も畑に立つ

連鎖

雪が舞い　野原が白くなった
野ネズミたちは　寒さなど一向にかまわない
土のトンネルを元気よく走りまわる
雪の下では　穏やかで退屈な日が続く
若い親ネズミは　勇気を出して雪の壁を破り
木の根元から　ヒョッコリと顔を出す
周りは真っ白で　まばゆい光を反射している
沢山の木が並び　一本の枝陰からいきなりフクロウが襲ってきた
根っ子の下にもぐり込み助かったものの　巣へ戻ると子ネズミたちに
「外には　恐ろしい天敵が我々を狙っている」と教えた

ある日　子ネズミたちは
いつもの食事に飽きて　木の根をかじってみた
珍しい味が堪能でき　歯にもいい刺激を与える
次第に　根っ子のとりこになってしまった
すると　子ネズミたちの一匹が　そして二匹目が巣に戻らなくなった
心配した親が探しに行くと　雪のトンネルが崩れ青空が見えている
家族が減り始め　遂には　母親と子供が一匹だけになってしまった
フクロウの　雪の下の見えない獲物さえ捕らえられる能力　を
若い親は知らなかったのだ
春を迎える前に　この家族は姿を消すに違いない
冬の果樹園には　多くの獲物が棲む　ことを知るフクロウが命を繋いだ
秋になれば　たわわに実った果実を食べて　人間達が命を繋ぐ

いとなみ

生きていて　そして死がある
それは　取るに足らないできごと
この世は　人のためにできた訳ではない
たまたま人が生きているだけ
明日のことなど構わない
人という　群れの中で動き回る

野原に咲く　いち輪の花と同じ
その姿が消えても　命　は続く
死ぬこと　それは結果なのだ
時の流れの　ひとこまに過ぎない
死を踏み台にして　次の世代がつながる
命は　限りなく繰り返されていく
いとなみの中で　死　は生き続けている

初夏の笹舟

初夏の日差しを受けて　笹舟がゆく
緩やかに　時には早く
櫓も無く　エンジンも持たない
流れだけが頼りだ
飛び出た岩や　落ち葉の障害物を
器用に避けて進む
どこまで行くのだろうか
行き着いた先は　大海原
はるかな時間を漂い　遠い国へとさまよう
風の便りを背に受けて　永い航海の始まりだ

二つ目の笹舟を作り　小石を乗せる
私　と言う　小石　の舟出だ
笹舟に寄り添いひたひたと走る　心が弾む
笹舟も負けじと流れる
道は外れ　見送りはこれで終わりだが
せつない思いは　その先へと続く
明日には何処の港へ着くのやら　便りをおくれ
星の光が道しるべ
笹舟に乗って　未知の航海の始まりだ

汽笛

私の中を走る　不思議な列車
過去へしか進まない　私だけの列車だ
私には　もう将来が見えていないのだ
今迄歩んだレールを　逆戻りし始めた
勝手に走り回っては　突然止まる気ままな列車
幼い頃まで来ると　そのまま長い間停車している
少し動いては　行ったり来たりしている

再び止まったまま　しばらくは動かない
隠れたままの風景を探っているようだ
私の思考は　沈んだままである
その方が幸せなのだ
私にできることは　何も見当たらない
だから私は　私の列車と二人だけの旅に出る
安らぎのひと時を求めて
今宵も又　過去からの汽笛が私をいざなう

花の初恋

小さな花が　今年も咲いた
休日には　家族連れでにぎわう小高い丘のふもと
母親に手を引かれた子供さえ気付かない
丘の上で遊んだあと　素知らぬ顔で下りてくる
あたり前の時が過ぎて行く
雨に打たれ　肌寒い日だって耐えている
見てもらうために咲かせた訳ではないが
その花は　いまだ来ぬ人を待ち続け　秘かに咲いている
昼間のまぶしい輝きを受け
恐ろしいほど静寂な　月の光の中で咲いている

この清楚な花は知らない
青年が　もう来ないことを知らない

昨年の春　青年は度々丘に登るうち　この花に出会った
近寄って　いつまでもじっと見つめていた
この花びらも　いつかは散ってしまう
この花と共に　命を遂げられれば本望だ
青年は　病に冒《おか》された我が身のはかなさをこの花に語った
何度も花の元へ立ち寄り　両手で花びらを包んだ
夏になると　青年はパタリと来なくなった
それでもこの花は春を迎え　再会を信じて花びらを付けた

ある夜　星の光から
「僕はここで待っているよ」　と青年の合図が届いた
青年は　星となってこの花にささやきかけているのだ
だから　もう来ないと知っても　ここに咲き続けていられる
次の春には　青年の元で咲く約束をした
温もりの手が
再び花びらに　差し伸べられる日を待ちながら咲いている

夜の駅

汽車が　夜の駅を発車する
少女は　駅の片隅に立ちずさみ
頬につたう涙を拭いつつ手を振っている
それなのに列車の窓には　少女に応える者はいない
遠ざかる汽笛と赤い尾灯
この汽車に乗れば　明日の朝には故郷へ着く
なのに　今年もとうとう乗れなかった
駅舎からこぼれるわずかな光が
黄色く実った稲穂を照らす

あちらでも　稲刈りが始まっているだろうか
帰りたくても　遠すぎる
この町に住む　叔父夫婦の養女になってはや五年が過ぎた
老いた今の両親を置き去りにはできない
夜汽車は　故郷のにおいがする
だから　少女は今日も来た
思い出をたどりながら　夜汽車に自分を乗せてみる
少女を残したまま　もう一人の少女が遠ざかって行く
ボーッと挨拶を残し　闇の中に姿を消す
夜の駅では　露に濡れた稲穂が揺れている
故郷からの風が　少女の髪を揺らしている

白い魔術師

目覚めると　村は雪に埋もれていた
昨日までの営みは　どこに消えてしまったのか
向こうの山には白い魔術師がいて　今年もいよいよ悪戯が始まったのだ
歩きなれた道を隠されて　村人は黒い小さな点となって雪の上を動く
一夜にしてこのありさまだ　確かに白い魔術師は潜んでいる
けれど　誰も見ていない
山の猟師でさえ　見たことがない　と言う
あの山頂で　何もできなくて困った村人を眺め　密かに楽しんでいる
これでもかとばかりに　すぐに次の雪が舞い降りる
村人は　背を丸くして不便な日々を強いられる
白い魔術師は　村を雪で覆い尽くし　満足気に拳を上げる
いきなり雪雲を造り　心配気に空を仰ぐ村人をあざ笑っている

村は　いつもより早く白い世界に塗りつぶされた
村人は　悪戯好きな白い魔術師など　もうあきらめている
悪さをされたって気にしていない
白い魔術師に　負けたとは思っていない
黒い雲の下では　じっと待つのが最善だと知っている

白い魔術師は　私にも魔法をかけようとしている
捕まれば　樹氷のようにその場に立ちすくむことになる
「魔法は効かないよ　いつも明日があるからね」
村人だって　春の野辺を知っている
温もりを胸に秘めているのだ
白い魔術師は　それでも勝ち誇ったとばかりに
雪を降らせ　村を凍てつかせる
無言の戦いが　今日も続く

蝶々

蝶たちは　ひらりひらりと　どこへ飛ぶのやら
うららかな春の日を
あちらにも　こちらにも
選り取り見取りのお花畑
仲間たちと話しながら
この世に生まれた奇跡を楽しんでいる
限りあるひと時だから
今がいとおしいのです

うららかな春の日の午後
こんな日が　過ぎし日のどこかにもあった気がします
記憶を探りながら　ひらり　ひらりと飛んでいる
山添いに広がる菜の花畑
今を大切に　精一杯羽ばたいている
想い出のあの日に　巡り会えたでしょうか
仲間たちと　やすらぎ　を分かち合うため
ひらり　ひらりと羽ばたきます

手押しポンプ

生い茂った草むらに
この世のすべてを諦めてしまったのか
赤く錆び付いた手押しポンプが　ポツンと飛び出している
住む人の生活を支えたのは　いつの日のこと
ある日　突然捨て置かれたまま　何も語らない
通り過ぎる風にも　無言を貫き通す
周りの木立だけが　ざわざわ　と騒がしい
苔むした石積みは崩れ　動かない時　に埋もれている
くぼ地の小さな水たまりには　小鳥が姿を見せ
ここだけが　往時の息づかいを偲ばせる
この家に住んだ人は　何処へ行ってしまったのか
何もかもが　止まったままである

小鳥のさえずりに　風景の一部が躍動し始める
ポンプの取っ手が　日々の営みを再現しては消えてゆく
時の隙間が　ほころびを繕うように私に寄り添ってくる
この場に繰り広げられた　暮らしのひとこま
ゴソゴソと重い木戸を押し開け　ひとりの老人が現われる
みすぼらしい　黒い上着を身にまとい
満身に朝日を浴びると　思い切り背を伸ばし大きなあくびをする
白くなった無精ひげを撫でながら　小鳥に麦の粒を放っている
手押しポンプで水を汲むと　顔を拭い家の中へ消えて行く

語り部だとばかりに　小鳥は今日もやって来るが
あの日の老人は　もう戻らない

未知の味

大きな道路より　昔ながらの細道が好きだった
道沿いには　一軒の大きな屋敷があり
立派な門構えが　武家屋敷を彷彿とさせていた
道すがら覗いてみると　広い庭の奥に本宅が見える
どんな人が住んで居るのか　姿を見たことがない
いつも見るのは
門の横に立つ　人の背丈ほどに伸びた一本のグミの木だ
毎年初夏になると　真っ赤な実を付け私を惑わせた
幾つもの　美味しそうな実がぶら下がっている
腹を空かせての帰り道　食べてみたいのに思いとどまる
つい手が出そうだったが　母の顔が浮かぶ
その実が　ある日こつ然と無くなるのだ
残された葉っぱが　素知らぬ振りで私を見ている

毎年の繰り返しであった
家人が実をもぐ時に　うまく巡り合わせればと願った
思いやりが　幼い私の手に
幾つかの粒を載せてくれただろう

初夏の日射しは　幼い日の未知の味　を呼び起こす
今では　グミの木は無く　門も屋敷も荒れ果てている
未知の味だけが　私の心にそのままある
甘くても酸っぱくてもいい　答えは今も定まらない
横目で見て通り過ぎたグミの実
盗みと知りながら　こっそり食してみるべきだった
答えはあっさりと出ていたのに
しかし　盗みと言う誰にも打ち明けられない味が加わる
未知なる二つの味は　年ごとに私なりの勝手な味が付いて
堂々巡りのまま　時だけが過ぎ去った
今年も又　押し問答の季節がやって来る

不思議な人達

その横穴は　人が立ったまま動き回れる程に大きい
幅は　その倍はあって　あんぐりと口を開けている
底に溜まった湧き水は　人が立ち入るのを拒んでいる
随分奥へと続いていそうだが　闇の先は分からない
硬い岩をくり抜いて　一体何のために掘られたのか
山の茂みの　小さな広場にこつ然と現われる
近寄るものを　吸い込んでしまいそうな不気味な口だ

町の軍需工場の移転地だったと伝わる
秘密の工場　終戦間際の日本は　せっぱ詰まっていたのだ
この穴で部品を造り　別の工場へ運んで兵器を組み立てる
ここなら敵の飛行機にも見つかるまい

「オーイ」と　呼んでみる
「オーイ」と　返って来る
何かしらの営みがある
戦が終わって随分経つのに　穴の奥の人はまだ知らない
今も　せっせと働き続けている
「元気かい！」と　叫んでみる
「元気かい！」と　返って来る
「お前もここに来て手伝え！」と　言っているようだ
人の息吹きが躍動している
「オーイ！　オーイ！」
と　続ける
すると
「オーイ！　オーイ！」
と　地の奥から響いてくる
ここには　不思議な……不思議な人達がいる

鍛冶屋の閻魔《えんま》様

学校の帰りには必ず立ち寄った
ランドセルを背負ったまま
うす暗い店の奥をじっと見ていた
この世とは違う世界が動いている
黒い鉄が　炉の中でもがいている
赤くなった鉄は　これでもかとばかりに
カンカンと打たれている
悪戯好きな少年を　叱りつけてでもいるかのように
カンカンと打っている
水に入れられれば　苦しそうに泡立ち
一面に蒸気をまき散らす
燃え盛る炉の中は　まるで地獄だ

今度は　さらに大きな槌で打ち下ろす
赤い鉄は　火花を飛ばして苦しんでいる
鍛冶屋の主人は　朝から晩まで休みなく働く
閻魔様のように怖い顔をして
悪さをした鉄を　懲らしめている
上着を脱ぎ棄て　鉢巻きで汗を拭い奮闘している
病気知らずの　丈夫な閻魔様だ
時どき　ふいごで炉の中へ風を送る
炎が舞い上がり　奥にはもっと凄い閻魔様が控えている
お仕置きが終われば　みんないい顔をして
生まれ変わって店先に並んでいる
その隣で　閻魔様は今日も打ち続けている
カン　カン　カン　と聞こえてくる
ここは地獄横丁の　路地裏通り

忍耐

一輪だけ残った花びらに
海からの　冷たい風が吹き付ける
周りは枯れ野になってしまったのに
お前は　なぜ今頃花を咲かせているのか
来る日も来る日も　耐えることしか知らない花
仲間達は　種となり土に眠っているのに
そこにあるのは　風と土と一輪の花
果たして　誰の目に留まると言うのか
かろうじて　いち日をつないだけれど
冷たい風は　お前を痛めつける

過酷なこの地から　飛び出したくて待っている
この地に落ちて　根を張るよりも
山の反対側の　暖かい場所で生きるのだ
変わり者と言われても　その時を待っている
風はさらに強くなり　あの山を越えて実を運んでくれる
そこでは太い幹を作り　もっと大きな花を咲かすのだ
大勢の仲間ができて　楽しく競い合う
その日のための忍耐なのだ
同じ仲間の君たちだけど
いつの日か　違う花を咲かせているかも知れない

繰り返し

大きな木の枝の下で
今年も生き延びた　小さな木が実を付けた
鳥に食べられまいと　毎日が闘いだ
限られたわずかな陽を受けて
やっとの思いで成長した
目立たないで生きることを　旨としている
世代交代の繰り返しで知った
命をつなぐための選択なのだ
実は熟して　来季までこの地に眠る

再び　この大木の葉の裏をめざして伸びてくる
もっと違った生き方があるのに
安全なこの場所を根城としてきた
実を隠す葉が有れば　それでいいのだ
一年の成果を　誰かに見せることもなく
質素な命の繰り返しが続く
大きな実を目立たせて　危険を誘うよりも
この方がいいと決めている
これからも　この方法で生きて行く
人の世にも　良く似た繰り返しで生きて行く

池の底

目標の定まらない毎日
ここには　何の変哲もない私がいる
葉先をつたう　雫《しずく》の存在にすぎない
人が織りなす檻の中で潰れてしまい
己を無くした私が沈んでいる
流れが途絶えた水と　淀《よど》んだ命

鯉は　水しぶきをあげ　悠々と泳いでいる
池で　精一杯に生きている
仲間と出くわすのが嫌なのか

縄張り争いで
平和ないとなみにも闘いが始まる
それが生きる力なのだ
羨ましい生き様がここにはある
水しぶきを　あげられない私
餌の奪い合いで　再び水しぶきがあがる
息を吹き返したとばかりに
さざ波が打ち寄せる

私には　鯉の真似などできない
この世という池の底で
私という雫が　もがいている

流れ

この小川も　合流して大河になる筈だった
勢いのある流れを見せていたけれど
時が経ち　様相が変わってしまった
流れは側溝になり
蓋が載せられてしまった

幼少の私は　葦《よし》の木陰で釣り糸を垂れていた
首筋をつたう川面の風に　ついうたた寝をしてしまう
リズミカルな水の流れは　知らぬ国への冒険を誘う
夕日が落ち　ひんやりとした空気に目覚める

流れは　私を受け入れてくれたのだ
水は雨となり　繰り返し地上へ降り注ぐのに
あの時の流れは　消えてしまった

幾度も癒してくれた
私が　ふる里へ戻ったように
流れも役割を終えた　とでも言うのか
共に築いた絆《きずな》も　いよいよ終幕だ
高齢の私が　過ぎ去った日々を演じられるのも
幾日も　残されていない

白い道

囲炉裏端に背を丸め　白い道を想う
山肌に張り付いて　頂上まで一直線に伸びる道
高い山ではないが　両側の木々を分断し
遠くからでも　白く浮き上がって見える道
それは　夏の日の絵　となってよみがえる

働き者の父が転倒し　亡くなった白い道
我が家で使う燃料の薪を取り出すのが　農閑期の日課だった
大きな束を背にし　麓まで下りて来る
白い道には
頑丈な体を駆使して　柴を刈る父の姿が生きている

トロトロと　囲炉裏の火には白い道が見えてくる
幼い日の　私を照らしている

過ぎ去った歳月は　畑をそよぐ風を奪い
白い道は　張り出した木の枝に隠れてしまった
夏の日の絵は　心の隅にかすかに息づいているが
そこには　悲しいだけの山が残されている

白い道は　父の元へとたどる道
夜更けの囲炉裏端に　時が流れてゆく
あの日の　白い道が　揺らいでいる

生きた証《あかし》

その昔　この里にはつくしが芽吹き
秋には　萩の花が咲き誇っていた
動物たちは　餌を探して野山を駆け回り
小枝では　巣立ち間近いひな鳥が騒がしい
空では　獲物を探して大きな鳥が円を描く
人々は　田植えをし畑を耕す
川では　魚や貝を獲る傍ら水浴を楽しみ
木の実を採って　自然の恩恵にあずかるのだ
里には　季節ごとのいとなみがあり
旺盛な命で溢れていた

三方を山に囲まれた里が　水に沈んだのは遥か昔
山が崩れ　川の流れを塞いでしまったのだ
人々は　灌漑用の池として使うことにした
何もかもが　池の底になってしまった
数年に一度だけ水を抜くと　大きな空間が広がり
赤茶けた地肌が　顔を出す
今では　池の底を語る人は居ない

火を焚いた炭の黒　動物の骨　家々をつなぐ路地
干からびた池の底には　生活の跡が見えている
再び水を張れば　誰も知らない暮らしが芽生える
時は沈んだまま動かないが
池の底の小さな里は　悠久の魂を繋いでいる

小さな世界

朽ちかけた　倉庫の壁の小さな穴から
一条の光が差し込む
闇の空間を突き走り
白く漂う無数の塵を浮かせている
塵は　ひとつひとつが星であり
決められた道を回遊している
光が届かない倉庫の隅にも　星はあるに違いない
塵のひとつに　地球を見つけ手をかざしてみる
はつらつとして　光を反射している
そこには私がいて　君達がいる
一緒にくつろいだ家族がいる
小さくて見えないが　確かにいる
倉庫の宇宙に漂う　塵と言う地球
私の手には　無数の命が躍動している

時は偉大だ

時は　偉大だ
嫌なことなど　ちょっと我慢すればいい
風が　何処かへ流れてゆくように
さっぱり拭い去ってくれる

そう　近くに置きたい大切な思い出だって
遠い所へ　持っていってしまう
呼んだところで　もう戻ってこない
時の力には　誰もかなわない

弱虫な私

知らない声が　家に入って来た
こんにちは　と言って勝手に上がり込む
知らない声は　無礼な声だ
我が物顔で　家の中を闊歩している
私の部屋の前に来て　動かない
知らない声は　恐ろしい
机の下に隠れる私に
オイ　オイと言っている
臆病者め！　と大声で私を怒鳴っている

知らない声が　玄関でわめいている
さんざん動き回った挙句
まだオイ　オイと言っている
不思議な声で
又来るからな！　と私を脅し出て行った
私を　弱虫な奴だ　と言いふらしている
声は　しばらく居座っていたけれど
やがて　仕方なさそうに遠ざかって行く
弱虫な私が　小さな声になって消えて行く

寝正月

しんしんと　雪が降る
村人は　軒先へ出て空を見あげるが
厚い雲は　これでもか　とばかりに雪を降らす
年の瀬になっても　一向に止む気配がない
山里の村は　すっぽりと雪に埋まってしまった
長老は　こんな大雪は記憶にない　と言う
正月なのに　何処へも出られない
村人は　神様は疲れ果てて起きられないのだ　と噂をする
思えば　御神木を切り倒し
神殿を補修しての騒々しい一年だった
正月を迎えても神様は　雲のカーテンを閉ざしたまま
お日様に　挨拶するのを忘れている

村人が　初詣に来るのを忘れている
昼になって　やっと薄日が射したが
夕方にまた降りだした
神様は　少しだけ目を開けて　また眠ってしまった
村は　雪に埋もれたまま動けない

二日目も三日目も
正月は　静寂に包まれて過ぎてしまった
楽しみだった　巫女の舞も披露できず
村人は　囲炉裏の周りで寝正月
社では　神様が神殿の奥で寝正月
晴れ着姿もないまま
正月は忍び足で　山の向こうへ行ってしまった

私の知らない私

漆黒の夜空に　張り付いたまま動かない
今宵も　あの星は光のシグナルを発している
私に伝えたいのは何だろう
あの星は　はるか昔の私なのだ
私の知らない私が　光っている

わが家の軒下で　星と見つめ合う
君はいったい　いつからそこにいるんだい？
私が始めて夜空を見上げた日
君はそこに輝いていた

ここは　あの星のふる里なのだ
恋しくて　私に光を届けている
山があり里があり　緑の中にみんなが集うのに
いつの日か　君は星になってしまった

人は　星になって
ふる里に光を投げかける
忘れられない思い出を　語りかけている
あの星は　ずっと前に　ここに生きていた私なのだ

私が星になれば　あの星が生まれ変わって下りてくる
私は　知らない私と入れ替わる
君は　私がしているように　夜空の私を見上げている
夜空の私は　軒下の私に　光を届けている

笑ってる

れんげ草になってみたくて
畑に寝そべり　そっと息を止める
可憐な花が咲き誇り　私の目に飛び込んでくる
青い空と　赤紫色の花に包まれた不思議な景色
おとぎの国に入ってしまったのだ
オッと　どうしたものか
しおれ始めた花びらが　牛の舌みたいに垂れている
ひょっこり顔を上げ
私は　花びらを笑ってる

れんげ草になってみたくて　もう一度畑に横たわる
足と言う　私の根っ子で呼吸をするのだ
鼻をつまみ　口をふさぐ
私が　れんげ草になれた瞬間だ
次第に苦しくなり　顔が真っ赤になる
それでも我慢し　身をよじらせる
とうとう限界だ　思わず立ち上がり息を整える
れんげ草が笑ってる
私の顔を笑ってる

掌編小説

ある秋晴れの日に

その昔、あの山の向こうには小さな社があった。

村人達が、峠を越えてお詣りをし管理もしていたけれど、皆が町に移り住んでしまうと、社は草木に覆われてしまった。

町の生活が忙しくて社を忘れてしまったのか、それきり誰も訪れない。

村人達が住んだ粗末な建物は、ほとんどが崩れ落ち、そのまま村に捨て置かれてしまったけれど、峠を越えた小さな社は、木立に包まれながらもまだ残っていた。

ある日、行商人らしき男が一人峠で休んでいた。

木にもたれ、うつらうつら、といい気持になった男は、下の方から響くかすかな音を耳にし目覚めた。

音は一定のリズムとなって、こんもりと盛り上がった木々の社から聞こえてくる。遠巻きに注意して見ていると、狐の一団が若い二匹を囲み、宴を催しているのが分かった。二匹が夫婦になったのを祝っているのだ。

男は、幻想のひとこまに紛れ込んだ面持ちで、珍しいその光景を見つめていた。すると、前方のひときわ高い山の頂から突然白い小さな雲が現われ、霧雨を降らせた。

「おやおや狐の嫁入りだな。これはね、降り込む、と言って縁起のいい雨だよ。皆に喜ばれる雨だ。秋晴れのいち日、今日はいい結婚式日和となったものさ」

霧雨はすぐに止んだが、上空ではまだ光を照り返し、キラキラと社を包みこんでいた。

その後、男は無事に我が家へ着き、家族と共に平穏な日を過ごしつつ一年が経った。秋晴れの日、妻と娘を連れて里山へ栗を拾いに来ていた。
三人が夢中になって拾っていると、突然雨が降りだした。すぐに止んだが、小さな白い雲が現われたのを見上げて、男は
「おやおや、お日様が出ているのに雨が降るなんて。今日は、どこかで狐の嫁入りがあるのかな？」

と、呟いた。妻と娘はそれを耳にすると、眩しそうに白い雲を見上げた。そして、怪訝な顔をして男の顔と白い雲を交互に見比べたりしたが、母娘は互いに目くばせしただけで、再びせっせと栗を拾い始めた。

それからしばらく経ったが、男は社が忘れられず一人で峠の近くまでやって来た。久しぶりに見る社は少しも傷んでおらず、狐が小まめに手入れをしているのだと思った。三日間、男は手頃な場所を見つけ野宿をして待ったが、そう思い通りにはならない。

結局、さらに十日間峠で待ったが、一向にその気配すら感じられなかった。幾日待っても、珍しいあの時の祝宴の音色は聞こえてこなかった。

男は、諦めて家に帰ることにした。妻には

「行商に行って来る。一ヵ月くらいは留守にするからな」

と、言って家を出て、まだ一ヵ月は経っていないが、来る日も来る日も山にこもって時間を潰すのは退屈であった。あの時の宴は、うたた寝の中で見た幻想だったかもしれない、と思うようになったのである。幻想ならばその方がいい。その方が、綺麗なままで自分の胸に収めていられる、と思った。家に帰ろうと決心したものの、まだ少しばかり未練が残っていたのか男は、断ち切ろうと威

勢よく
「よっしゃ！」

と、自分に掛け声をかけ、両手で膝を打ち立ち上がると、ゆっくり神殿に歩み寄った。扉をきしませながら開けてみると、中には木彫りの狐が祀られている。

「お稲荷さんだ！」

思わず叫び声をあげ、後方に目を向けた。狐の彫り物が石の台座に載せられ、行儀よく並んでいる。木立に覆われて目立たないが、隅の方には朱色の鳥居が並んでいる。再び正面を向き、神殿を覗き込みながら
「お稲荷さん、結婚式は当分無さそうですかね？」

と、言った途端、男は煙のように神殿の中へ吸い込まれてしまった。

それ以来、男は姿を見せていない。


やがて娘は成長し、ある秋晴れの日に結婚式を挙げた。父親のイメージは持っているものの、行方が分からないままで、どうにも割り切れない日を送っていた。この度結婚することとなり、父親への思いは心の奥へと追いやられていた。母親も、いつまでも現れない夫を諦めて、口にしなくなっていた。娘の夫

と三人で迎える、新しい生活に胸を膨らませていたのだ。親戚縁者が集まっておごそかに結婚式は進み、行方をくらましたまま、未だに現れない男など今更気に留める者などいなかった。この日はお日様が出ているのに、突然細かな雨が降り出した。雨粒がキラキラ反射して若い二人を祝福した。雨はすぐに止んだが、列席した誰かが

「おおー　狐の嫁入りだ。縁起がいいぞ。お天道様も祝ってくれている」

と、言った。狐の嫁入り……？　さて、どこかで耳にした言葉だけれど。娘と母親は、互いに視線を合わせ、遠い記憶の中に残る父親の呟きを確認し合った。式は滞りなく終わり、式場には誰も居なくなったけれど、父親が峠で見た雲に良く似た白くて柔らかな雲が、娘の結婚式を愛おしむように、いつまでも秋晴れの空に浮いていた。

馬鹿と言われても

僕は、竹馬《たけうま》に乗って遊ぶのが好きで、自作の竹馬でよく家の周りを歩き回ったものだ。竹の節目のほど良い高さに自分の足ほどの板を括り付け、そこに乗って闊歩する。いきなり目線が高くなり、歩幅も大きくなる。

怖いもの知らずの大男みたいに、いい気になって竹馬に乗り遊んでいた。もっと大きくなりたい。キリンみたいに高くなって、違う風景を見てみたい。僕は、軒先の樋が覗ける高さまでに板を上げた。

一瞬、目まいがしたけれどすぐに慣れた。数軒先にある、いつもは根元から見上げるだけだった神社の楠を見下ろすとまではいかないが、そこには確かに新しい視界の広がりが僕を待っていた。

「なるほど、こんな世界もありだな。いつも目にするあの犬め！　あんなに小さく見えるぞ」

僕は、初めて目にする眺めに満足しつつ、意気も盛んに村のはずれまで闊歩した。しかし、もともと不安定な竹馬は、草の根っ子につま先を引っ掛け転倒してしまった。落ちた場所が運よく石の上ではなくて、命だけは助かったが、草混じりの地面にたたき付けられた僕は気絶し、ふわふわと、どことも知れないままに空間をさまよっていた。

どのくらい経っただろうか、意識が戻ったのかさえ分からない。塵でもない何かが、ただ浮遊しているだけのようだ。しばらくすると、闇の中に光る冷たい色をした小さな点がおぼろ気に見えた。次に重苦しい音が響きとなって僕の耳に入ると途端に一陣の風が吹き、僕を光の元へ運んだ。なされるままに近づくと、それは線香みたいに弱々しい一粒の明かりだった。

僕は、僕ではなくなっていた。一つの個でもない。せめて海の底に沈む砂粒の存在でもあればいいのだが、なにしろ無なのだ。ただ、この世の物とは思えない奇妙な明かりが上方にぼんやりと浮いている。吸い付けられるようにその明かりを見つめていると、知らぬ間に怖い出で立ちをした男が、大きな刀を振りかざすようにして目の前に存在していた。小さな明かりは、瞬く間に激しく燃え盛る炎となり、その男はそこが自分の指定席でもあるのか、炎の向こう側に収まっている。僕は、余りの怖さに体が硬直し、いきなり背筋に冷や水が走るのを憶えた。

ここで魂を入れられた僕と言う塵は、途方もない闇の空間を行ったり来たりと動き回されている存在であることを知った。そして、この人が穏やかな人でありますように、と願った。

「ひょっとしたら、この人は閻魔様なのでは？」

と、思った。閻魔様は、しばらく僕を見据えていたが、いきなり

「お前は、三途の川を知っているか？」

と、訊ねた。僕は我に返ると、驚きを隠せないまま

「知ってますとも。我が家の爺さまに聞いた憶えがあります。どんな川だかまだ見たことが無いのでお許し願えれば、この機会にぜひ竹馬で渡らせて下さい」

と、お愛想のつもりで答えた。すると、あきれ返った閻魔様は僕のことを

「お前は、地獄に落とすまでもない。とんでもない馬鹿者だ！」

と、憤慨し言い捨てると、そのままどこかへスウッと消えてしまった。

燃え盛る大きな炎は、たちまちにして元のか弱い小さな点となった。

僕はまだ宙ぶらりんのままだ。閻魔様の判断で闇をさまよっている。閻魔様は、僕がまだ竹馬に乗り足らなくて、成仏させられないでいるのだろうか。どれ程経ったか分からないが、再び呼び出された。と言うよりは、例の響きが耳に入ると同時に、勝手に一陣の風が吹いて僕を明かりの元まで運んだのだ。

そこで僕は、閻魔様に
「この度、お前を天国へ送ることにした」

と、告げられた。

「毎日陽がさす暖かなところだ。ずっと上の方だ。天の世界だ」

閻魔様はそう付け加えると、前回よりは心なしか優しげな表情を見せた。僕が
「上の方は苦手なんです。どうせ行くなら下の方にしていただけませんか？」

と言うと、すぐに怖い風貌に変わってしまった。

僕と言う塵は恐ろしさの余り、氷のように直立したまま大きく目を見開いて
「僕は竹馬に乗るのが得意ですが、まだそんなに上まではとても登りきれません。下へ向かうか平らな地面ならどこまでも行けます。竹馬でポコポコと、慣れたものです。ずっとずっとどこまでも下りて行けます」

僕がそう答えるや否や、閻魔様はさらに激怒し、僕のお尻を思い切り蹴り飛ばした。僕は、宙を駆けるが如く一直線にどこからか勢いよく飛び出したようだ。その後しばらくは闇の空間を浮遊していた。

徐々に目覚めると、ぼんやりした意識が湧いて自分を認めることができた。僕は病院の玄関先で、母親の背に負んぶされてタクシーに乗るところだった。ここで僕は、おおよその成り行きを知った。母は重そうに、僕の頭を自分の膝に載せると、安心したのかしばらくは外を流れる窓越しの景色に見入っている。そして、思い出したように時々僕の顔を見た。母の笑顔が僕の目の上にあった。つい先ほど面会した閻魔様とはうらはらに、見覚えのある柔らかな母の笑顔だ。いや、母ではない。これは閻魔様の笑顔だ。放り出された僕が、無事に母の元へたどり着いたのを喜んでくれているのだ。

家に戻り日が経つにつれ、僕は竹馬に乗って遊んでいるうちに転んで、一時意識を失った、のだと改めて知ることになった。例の背の高い竹馬が、そのままに納屋に放り込んであったのだ。僕は、こんな思いをしても相変わらず竹馬が好きで、再び竹馬に乗って遊んだ。その姿を見て、母は僕を叱った。今まで見せたこともない怖い形相で怒鳴りつけるようになった。ここにも閻魔様が居る、と思った。母の注意はしばらく続いたが、それにも懲りずに竹馬で遊ぶ僕に根負けしたのか、諦め果てたのか分からないが、とうとう何も言わなくなった。これ幸いとばかりに僕は、まだ青い生《なま》の竹より乾燥した竹を使った方が軽くて疲れない、などと僕なりの思考を重ねていろいろな竹馬作りにも夢中になった。これには母も呆れ果て、遠巻きに見ているだけだった。誰も僕に世話を焼く者が居なくなった。思い通りに遊べ、毎日が充実していて楽しかったが、さすがに軒先の樋を覗き見できるほどの背の高い竹馬には乗らなかった。

僕は竹馬を練習し、もっと上手くなる、と自分に誓った。少なくとも、坂道をスイスイと登れるまでにはしておきたい。

「今度こそは、閻魔様の思いに添えなきゃいけないぞ。天まで登れるようにしておかなければいけないからな」

真剣であった。そう言いながら練習する姿を見て、母は

「何が閻魔様の思いだい！　ひょっとしたらお前、頭を打ってまだ元に戻ってないんじゃないかい？　私にあれほどの心配な思いをさせておきながら、お前も随分と馬鹿な子だねえ」

と、言った。

さて、馬鹿と言われても。いつのことか、どこかで耳にした言葉だ。母がもう一度閻魔様みたいな形相で、僕を叱りつければ思い出すかも知れない。

あの目が怖い

ずっと以前、私がまだ生きていた頃のこと。

家のすぐ前には小川が流れていて、魚や貝がよく捕れ食卓を飾ったものだ。

里山から流れ出た水は、田や畑を潤しながら曲がりくねると、平野をひたすら下って我が家の前へとたどり着く。水は、清らかさを保ったままで、生活の一部とさえなっていた。夏には、収穫したスイカを流水に浸しておき、そのまま草むらの中で昼寝をしたのちによく食べたものである。

秋の兆しが感ぜられるよく晴れた日の早朝、稲刈りの準備のためいつもより早く食事を済ませた私は、流れに沿って土手を歩いていた時、偶然にも大きな鯉が淵に潜んでいるのを見つけた。悠々と尾びれを揺るがしながら、気持ちよさそうに流れに溶け込んでいる。

「こんなに小さな流れに一体どうしたものか。ひょっとしたら、川下で合流する大きな川からうっかり迷い込んでしまったかも知れないな」

驚きを隠せないまま、私は一目散に納屋へと戻った。

「そう言えば昨日、いきなりバシャッと水をはねる大きな音を聞いたな。あの時の鯉に違いないぞ」

そんな詮索はどうでもよかった。今夜の我が家の食卓に載るのは間違いないのである。

さて、どうやって捕まえようか。納屋を見渡しながらもいろいろな手法が頭をよぎる。しかし、すぐに結論を出さなければいけない。でなければ、たとえその場所が居心地の良い流れでも、どこかへ泳ぎ去ってしまうに違いない。そうなったら元も子もない。

私は早速、網と杭と槌を持ち出し、鯉がいる上《かみ》と下《しも》の適度な位置を見計らって網を据え、通せんぼをした。網の端と川底の隙間を潜って逃げられないように、小石で押さえつける。網を結びつけるための杭を打ち込む音にも、細心の注意を払ってする私の作業に、鯉は気づいていないようだ。さっきと何ら変わらず、気持ちよさそうに体を揺らしている。小川とは言え、水の中の魚である。私から逃げ失せるなど、鯉にしてみれば何の造作もないはずだ。しかし私は、網を張る、と言う仕掛けを用意したのだ。歩はこちらに有ったが、大捕り物劇の展開となった。素手で、難無く捕らえられると判断した私は間違ってい
た。相手は、命がかかっている。結構な力で、幾度も私の腕をはねのけ水の中を逃げ回る。結局私は時間をかけ、散々追い回した挙句にくたびれさせること
にした。私が仕留めるか、鯉が頑張り抜いて命を繋ぐかの勝負となったのであ
る。捕らえてみれば、頭から尻尾の先までが八十㎝を超えて、水中から持ち上げてみると予想を超える大物であった。私自身、これほどの鯉に出くわしたのは初めてである。流れの中では悠々自適を誇り、怖いもの知らずに生きていただろうに、私に見つけられたばかりに夕方にはあえなく家族の食べ物に変身した。

私は、まな板の上でも激しく暴れ回る鯉に手こずり、タイミングを合わせるように鰓《えら》をめがけてブスリとばかりに包丁を入れた。途端に赤い血が、まな板と私の指を染める。骨に当たったのか、包丁はなかなかまな板には届かない。何度もこじ開けるように、力任せに切り込んだ。鯉は一瞬、ググっと声を出した。その後、二度苦しそうな声を聴いた。やっとの思いで包丁が、まな板にこつんと小さな音を立てて届いた。頭と胴体が別の物になった瞬間だ。鯉は、大きな目で私を睨みつけたまま息絶えた。尾びれが、私に断末魔の苦しみを伝え

ようとしているのか、まるで痙攣しているように未練がましく何度もピクピクと動いた。見開いた目は、命とは関係なく
「もっと生きていたかったのに、お前の手で遂に終わりにされてしまった。俺の命を、散々にもてあそびやがって」
とでも言い残しているようで、気持ちのいいものではなかった。その後私は、あの目が忘れられなくなった。それからも、この川で捕らえた魚やエビはごく当たり前に我が家の食卓に載ったけれど、日々の営みを繋いでゆくための致し方ない行為なのだ。自分にそう言い聞かせても、あの時の大きく見開いた目は、その後も不気味なくらいに私にまとわりついた。

あれから何年も経つのに、あの時の場面はまだ鮮明に私の中で生きている。しっかり見開いたあの目が現れ、私は死ぬのが怖かった。だからと言って、いつまでも生き続けられるものではない。誰だって、授かった自分の寿命を背負って生きているのだ。私を葬送《おく》った者達は、血の気が失せ、青白く冷たくなって棺に横たわる私を見つめ、口々に
「安らかな表情してるよ。にっこりと、いつもの笑顔のままだね」

そう言いながら、当面の悲しみから逃れるため、自分達で勝手に慰め合っていた。ところが、私は恐ろしかった。あの時は、いろいろ工夫をしながら私が勝ったけれども、死後の世界ではそうはいくまい。

「あいつは、まだ来ないのか。いつやって来るのだ！」

とばかりに、今か今かと大きな口を開けて待ち受けているに違いない。

「しめしめ、やっと見つけたぞ。逃すものか」

あの大きな口で私をくわえ、散々虐めつけた挙句に地の底へ引きずり込むだろう。私が、閻魔様の判決を受ける前に探し出さなければいけない。必死に探し回るに違いない。万一、見つかってしまえば鯉の企み通りになってしまう。私は、閻魔様の判決を受けるまでもなく、闇の片隅で永遠に恨みを晴らされることになるのだ。

「私だって空腹のままでは生きられない。鯉だってそうだろう、絶えず食べ物を探し回っているではないか。所かまわず命を食いあさっているではないか」

「それはそれでいいんだよ。誰だって一生懸命に生きている。命を繋ぐためには仕方ないさ。だけど、お前さんに殺されたのが許せないんだ。なんだいあの殺し方は。さんざん虐めた挙句にしっかり苦しめやがって。もっと、もっと生きていたかったのにこのありさまだ。お前は、残酷な男だな。稀にみる残酷さだ。こんな殺し方をされて、恨みを晴らさずにおけるものか。仕返しをしてやるからな！」

狙われている。無防備な私は、なされるがままだ。追われ続けて苦しむのは御免だ。それが恐ろしい。

早く閻魔様の判決を受けて、しかるべき所へ送ってもらいたいが、なかなか閻魔様のお膝元へはたどり着けない。判決さえ受ければ、鯉の恨みなど少しも怖くはない。私の処遇は、決まってしまっているのだ。どんなに恨みを晴らしたくても、たとえ相手が誰であっても、一旦判決が下った者には手出しは出来ない。だから、閻魔様の元へ急がなければいけないのだ。その思いさえ、私を苦しめる。

永い旅だった。私はここに来る道中でさえ、あの目から逃れられず、恐怖と不安を抱いたままの過酷な行脚となった。着いてみると、何も無い冷たくて暗いところだ。時の流れさえ無い。だから、自分がいつここへ来たかも分からない。

「あの目とは、ずっとこのまま会わずに居られるだろうか？　いや、そんなはずはない」

　ここでもその思いは、苦痛となって私を責め続けた。まだ、閻魔様には会えていない。

　いつ、がぶりと嚙まれるかも知れない。捕まれば、果てることのない苦しみが待っている。

　私を睨みつけたあの目は、自身が受けた何倍もの苦しみで私を痛めつけるに違いない。私も無になりたいのに、この恐怖を断ち切れないままで、まだ無にはなれていない。いつまで経っても安らぎがないのだ。

　だが、ここにきて初めて疑いを持った。閻魔様はいないのではないか？　これが地獄だとばかりに私を苦しめた目にも、いまだに遭遇していない。実のところ、何も無いのだ。あるとすれば、それは心の片隅に潜んでいる己の良心なのだ。生きてゆくためとは言え、残酷な殺し方をした自分を良心が許さなかったのだ。だからあの目を、呵責の念と言うかたちでいつまでも私の記憶に留めたのだ。天国も地獄も閻魔様も、結局は己の良心に繫がるのではないか？　忌わしい目、に追われ続けた恐怖が、私に与えられた地獄だっのだ。疑いが、自分なりの答えとして固まり始めるとその瞬間、間近なのかあるいは果てしなく遠いところなのか、なんとも形容し難い位置で、ぼんやりとした明かりが浮かんで消えるのを知った。再び点くと、ゆらゆらと私の魂を照らし、呼び寄せる仕草で手招きしているが、小さな明かりを見つめるだけで私に何ができるというものか。

地上では、親類縁者達が一堂に介して、私の四十九日の法要を営んでいる。喪服をまとい数珠を手に、神妙ないでたちで仏壇を前にして座布団に収まっている。住職は、一連の読経を終えると皆の方に向きを変え

「亡き人は、今日から極楽浄土の道を歩まれます。仏様になられたのです。これからは、お仏壇の明かりに導かれてご家族の元へ会いに来られます。皆さんをお守りして下さいます。ロウソクの明かりで心を清め供養をし、まずは私達が無事であることを報告し、感謝の気持ちを伝えてください。お仏壇の前で手を合わせ、亡き人を偲んで下さい」

と、説いている。誰一人として頭を上げている者はいない。洗礼を受けている時のように俯いたままで、果たしてどれだけの者が住職の話を聞いているのか？　この後、昼の御斎《おとき》で振る舞われる御馳走ばかりを思い浮かべている。中

には足がしびれたのか、我関せずで、落ち着かなさそうにもぞもぞと姿勢を変える輩もいる。

「私の苦手な料理が出たらどうしようか、残すのも気まずいしな」

「こう言うのって、いつもおなか一杯になるよね。夕ご飯ねえ、どれだけ用意したらいいのやら」

「さて、御斎を振る舞えばお開きだ。みんな帰ってしまう、やれやれだな。疲れたよ、四十九日の法要さえ終えれば、しばらくは何もしなくていい。今夜はゆっくり休めそうだ」

と、これが〝有〟なのだ。私は、有から〝無〟になったのだ。そして、私を苦しめつつも、私に私なりの答えを導かせたあの目に感謝し、これより仏の道を歩む。永遠に続く旅だ。少なくとも住職が説くように、地上にうごめくこの場の者達を守る、なんてことはあり得ない。供養は〝有〟の者達が気持ちを浄《きよ》め、自身を助けるためのものだ。それでいい。

クルミの実

このクルミの実は、親元を離れてどこか他の地で芽を出したかったのに、親の木の根本へポロリと落ちると、そのまま動けないでいる。草の種みたいに、風に吹かれて遠い所へ飛ばされるほど軽くはないのだ。ここに居ては、いつまで経っても親の木の陰になって芽を出せない。

「おまえは、このまま朽ちてしまう運命なのだ。だからここに転がり落ちたまままでいるんだよ。よかったら、俺が食べてやってもいいんだぜ」

農夫が、自宅の庭先に立つクルミの木の根本に落ちた実を見つけてそう言った。

クルミの実が

「そんなひどいこと言わないでおくれ。お願いだから、僕を遠くへ放り投げてくれないかい」

「いやだよ、大雨が降っておまえをどこかへ押し流してくれることを待つんだな」

意地悪な農夫はそう言うと、実が流されないようにと地面に踏みつけた。

秋も終わろうとするある日のこと、大雨が降るのを待つまでもなくクルミの実は、運よくリスの口に入れられて運ばれることとなった。リスは、冬場の保存用の食べ物として落ち葉の下に隠した。

そこには、どんぐりなどのたくさんの木の実が集められていた。

果たしてこんな所で芽が出せるのか。いや、その前に食べられてしまうだろう。クルミの実が考え込んでいると、今度は猿がやって来て、リスが隠した実を見つけた。猿は、枯れ葉を除け地面を掘り返すと、他の実と一緒に脇に抱え、住まいにしている大きな樫の木の枝まで持ち運んで食べ始めた。

ところが、クルミの殻を割ろうとしても、余りにも硬いので怒って放り投げてしまった。実は、日当たりのいい野辺をコロコロ転がり枯草の隙間に止まると、そこでひと冬を過ごすこととなった。やがて、春の兆しが野辺にまんべんなく行き届くと　暖かい日差しはクルミを発芽させ、柔らかな芽は日に日に大きくなっていった。

若木となったクルミの木は、北風にさらされ雪に埋もれても必死に生きた。

丈夫な根を張り、土の中の養分をしっかり吸い取ると、やがて自分でも実を付けられるほどに成長した。すると、丘の向こうに一本の老いたクルミの木が見渡せ、そこが自分の生まれた場所だと知った。意外と近くにいたものだ。すっかり老木となった父親の姿を見ると、急に生まれ故郷が懐かしくなってきた。そこで
「お〜い！　聞こえるかい？　僕はここにいるよ　本当に久しぶりだね」

と、声をかけてみた。すると父親が
「お〜　おまえだったかい、元気だったかい？」

と、覇気の無い返事を返した。若木は、気になっていたことを尋ねてみた。

「あの家はどうなったの？　父さんの近くのあの家。だいぶ古くなっただろうね。住む人だって、僕の知らない人になってしまっただろうね」

「そうそうあの家はな、随分と前のことになるけれど、それはそれは猛烈な雨風が夜通し吹いたことがあってな、その時に壊れてしまったんだ。家の人は下敷きになって亡くなってしまったさ。今は何も残ってないよ。周りもすっかり変わってしまったよ。あの頃からいるのはこの俺だけさ」

随分昔になるが、若木はその家の住人に踏みつけられた日のことを思い出していた。自分は、家の下敷きになって死んでしまうほど苦しくはなかったけれど、あの時の農夫が可哀そうに思えた。しかし、それにも増して、大事にしていた自分の抱き続けた風景が、いつの間にか無くなってしまったのが寂しかった。自分の親でさえ、随分老いている。葉の色付きさえ、自分のそれとは随分違って見える。いつ枯れ果てても不思議ではない状態だった。

「ふる里で生きられると思ったのに。毎日、おしゃべりをしながら皆と楽しく暮らせると思ったけれど、これから僕は一人ぼっちで生きなきゃならないんだね」

丘の上に立つこの若木は、すっかりしょげてしまった。

「ずっとそこにあって欲しかったな。今迄頑張って生きてきたのは一体何だったのだ。こんなに辛い思いをするのなら、あの時の意地悪農夫にもっと強く踏みつけてもらえばよかったよ。リスが見つけられないほどに埋められてしまえば、僕はそのまま朽ちていた。暗い世界には何も無い。この悲しみだって、味わうこともなかっただろうに」

若木は、自分がこの地に根を張って生きていられるのは、たまたまそうなっただけ、とでも思っているのか、今を生きる大切さが理解出来なかった。だからこの悲しみは、自分の実がポロポロと地面に落ちる秋まで続いた。自分が実らせた実だって大部分は、落ちたその場で朽ちてしまう運命なのだ。秋を迎え、やっとそのことが分かると、実を付けられるまでに成長し生き続けている自分が、まるで奇跡に思えた。落ちた実を助けるには、リスや猿が来て、どこかへ運んでくれなければいけない。初めて実を付けた若木は、自分の所にも動物が現れるのを願った。しかし、動物の手が借りられたとしても残れる保証はない。食べなければ命が繋げないのだ。いくら頑丈な殻に包まれていても、結局は割って食べられてしまう。どこかに持って行かれ、そこで成長できるのは、百に一粒も無いだろう。若木は、その可能性を信じて、たくさんの実を付ける事が万全の策であり、ふる里への恩返しだと思うようになった。

その年若木は、大きな粒をたくさん付けた。一粒毎に、しっかりと養分が届き、十分に成長している。秋を迎え実が落ちる頃、季節の決まり事のように地面に落ちた実を求めてリスや猿がやって来たものの、運び役を担うはずの動物たちは、近くの畑で働く人の良さそうな農夫によって、早々に追い払われてしまった。その農夫は、畑仕事の合間に若木のふもとで一服しつつ、実が落ちる

のを夏の頃から心待ちにしていたのだ。農夫は
「お前たちに与える実などあるものか」
とばかりに、小枝を振り回して追い払い、背かご一杯に拾い集め家に持ち帰った。農夫は、納屋で根気よく殻を割り実を取り出すと
「久しぶりにクルミ餅が食べたいぞ。せんべいもいいな」
と言って、ざるに入れたクルミの実を女房に差し出した。
若木は、やっと実を付けられたその年に、始めて自分が置かれている状況を知って随分と悩んだ。そして、自分を踏みつけたあの時の、意地悪な農夫だとばかり思い続けていた彼の優しさのひとかけらが、地面から少しだけ顔を出し、生き残れる可能性を残してくれたのだと思った。しかし、善良そうなこの農夫の行為は、丸ごとで身も蓋もない残酷ささえ若木に与えた。動物たちだって根こそぎ食べ尽くすことはない。自分がたどったように、どこかへ持ち運んでくれる。互いに共存の立場であるはずだが、この人の良さそうな男は一体どうしたものか。毎年この男のためだけに、実を付けるわけではない。老いた父親と話した時、こんなに辛い思いをするならば、意地悪農夫にもっと強く踏みつけられ、動物たちに見つけられないまま、土中深く埋もれて朽ちてしまえばよか

った、と思った。自分が初めて実を付けてみて、その悩みを克服した若木だったが、新たに全く違う悩みを抱え込んでしまった。この男から逃げ出す手立てなどない。それでも今の自分には、このまま生きて毎年多くの実を付けることしかないのである。小高い丘に立つ一本のクルミの木は、そう思いながら、今年も秋を迎えてけなげに分身を実らせている。

お地蔵さん

このお地蔵さんが、いつ頃この村へやって来たのか誰も知らない。よほど居心地がいいのか、ずっと昔から村のはずれに立ち続けている。雪の日も夏の日も、村人に慈愛に満ちたまなざしを届けている。ある日、お坊さんが
「村のはずれにいては、寂しかろうに」
と言うと、村人は総出で、人の背丈もありそうなこのお地蔵さんを、寺の山門の脇へ移した。村人は、手作りのご馳走を持ち寄ってお地蔵さんに供え、読経が続くなか手を合わせ、場所を変えたことによる供養は丸二日間続いた。お坊さんは、さらに
「お地蔵様は、この村を守って下さっているのだよ」
と、集まった村人に説いた。やっと気が付いたとばかりに村人は

「どうして俺達、だいじなお地蔵様を村はずれに放っておいたんだ」
と、長老が言えば
「もの心がついた頃には在ったからな。はずれに在るのが当たり前だと思っていた。もう、これで大丈夫だ。ごめんよ、お地蔵様。さぞかし寂しかったろうに」
などと言い合った。村人は、菅笠を編んで頭に載せたり、夏の日にはお椀に冷たい水を汲んで足元に置き、野良仕事の帰りには申し合わせたように一礼して家路に就いた。

春の日の夕暮れ時、寺の近くにある林で、子供達がかくれんぼをして遊んでいた。
日が沈む頃には皆は帰ってしまったが、小さなほら穴に隠れた子は暗くなってもその場から出てこなかった。村中が大騒ぎで探したが、見つけられない。一緒に遊んだ仲間達に尋ね、広い範囲まで手分けし探してみたが、雲を掴むようでまるで手がかりを得られなかった。人々は
「神隠しにあったみたいだ」

と、言い始めた。全く、不思議としか言いようがなかった。しばらくは、この件の情報を探り出すことが、村人の挨拶がわりとなった。

悲しみが癒えないなか、大きなお地蔵さんの横に小さなお地蔵さんが並んで立った。村人は、そのお地蔵さんにも菅笠や、冬の寒い日には頭巾をかぶせたりしていたわった。

お坊さんが据えた子供のお地蔵さんを見て、村人は
「あの子によく似ているではないか、そっくりだ。あの子が生まれ変わったに違いない。二人が並んで、これからも俺達と一緒にこの村で生きてゆくんだよ」

と、二体のお地蔵さんは、我が子を失った家族をはじめ村の人々を救った。

「あの子は幸せに生きている。二人であの村この村を旅して楽しんでいるんだ」

村人は、今日もお地蔵さんに向かって手を合わせ、感謝の気持ちで一日を終える。

村が寝静まると、二体のお地蔵さんは手を繋ぎ、やすらぎを届けに村の家々を回る。村人は、夢の中でもお地蔵さんと出会い、幸せな気持ちになる。夜明け前には、お地蔵さんはいつも通り山門の横に立っている。おかげで、あの子がいなくなった悲しみも和らぎ、村人は健やかな朝を迎えられる。

野良で働き、つつがなく一日を送られたことに感謝する。その気持ちがお地蔵さんへのお礼の気持ちに変わる。真新しい菅笠に替えてもらい、足元のお椀にはいつもきれいな水が満ちている。時々だが、こんもりと盛られたご飯が置いてある。

お地蔵さんは、人々を助ける笑みを欠かさない。

お坊さんは

「この笑みが、村を守っているのだよ」

と、言って山門を抜けると、法要がある檀家の家へと向かう。

その横で、お地蔵さんは今日も村人の無事を祈っている。

孤独な少年

その少年は、いつも川の淵で釣糸を垂れている。誰に知られることもなく一人きりでいる。学校の授業を終えると、決まってここへやって来る。授業の復習をするわけでもなく、友達と遊ぶこともしない。宿題ができてなくて、先生に注意されても意に介さない。

川は集落を離れると、昼間でもうす暗い竹藪に入り淵はその中程にある。流れは、どんよりと緩やかだったが、淵は恐ろしく深くて黒い色合いを呈していた。時折風が吹くと、笹が左右に動きその間から木漏れ日が水面に光る。反射した光は、深淵な水の中を覗かせる。

そこには、少年の心を惹きつける何にも代えがたい不気味さが漂っていた。

中学を卒業すると同時に都会に出て働いたが、社会に馴染めず、すぐに村へ戻ってしまった。病んだ心を救ったのは、藪の中の淵だった。

これと言った目的など無く、畑仕事もまだ明るい内に切り上げると、思い出したようにふらりとこの淵へやって来て、釣竿を持ったままじっとして動かない。


ある日、ふいと姿が消えた。村人が総出で探したが見つけられなかった。

少年が愛用した釣竿が、流されず淵の片隅に浮いていたけれど、どこからか流れ着いた物だと思い、誰も気に留めなかった。


少年は淵に沈んでゆくうち、うす暗い底に幾つもの白骨が木漏れ日を受けて転がっているのを見た。

独りではないことを知り少年は安心した。ここには自分と同じ人達が居る。もうろうとした意識には、先着の人達が、自分を迎えるために酒宴の席を用意してくれているのが見えてくる。今迄苦痛でしかなかった、酒を酌み交わしながらの談笑の場である。

宴が始まり、そこにはほろ酔い加減で満足そうな笑顔を見せる自分が居る。

やっていける。孤独に覆われた自分だったが、今までに経験したことのない自信を憶えた。

少年は、安住の地に巡り会えた喜びに満足したのだ。

釣竿は、淵に沈んだ少年を見届けると、安心したように下流へと流れていった。

淵は、少年をのみ込んだまま静かなたたずまいを見せているが、風に揺らぐ木漏れ日は、今日もキラキラ光り少年の魂と戯れている。

短編小説

野うさぎの寺

その寺へたどり着くには、国道をはずれ険しい峠をひとつ越えなければならない。曲がりくねった細い山道を、対向車を気にしながらのろのろ走ると、麓のK町からは一時間を要する。夏には、両側から張り出した枝に、緑のトンネルのように覆われる。やっとの思いで抜け出ると、道は緩やかな直線となり視界が広がる。広がりは、丘陵地まで含めると結構な面積を有した。明治の中頃、この地に入植した先人達が、原野を開墾し田畑を造成すると、それ以来何代にもわたってこの土地に張り付いて生きてきたのが小川村の人々である。寺はそのまま村の生き様でもあった。明治の本格的な開発が入るより前に、既にこの寺は存在していた。美濃ノ国苗木藩の重要な財源でもあった山林を守るため、藩の令によりこの地を拠点として数軒の武家が送り込まれたのが起源だと言われている。その後、農民が移り住み、次第に村の様相を成すまでになった。その人達の寺として、小規模ながら建立されたのが始まりだ。名を龍起寺と言う。明治に入ってからの、林業への本格的な入植で、最盛期には

150軒を超えた小川村も、現在では寺と三軒の民家が残るのみとなった。龍起寺は、村が最盛期の頃に規模を大きくして、建立し直されている。村人が他所へ移り住み、村は寂しくなるばかりであったが、龍起寺の威容は今も凛として残っている。村の中学校を卒業した子供達は、住み込みでK町や、もっと遠くへ働きに出たり進学するようになった。挙げ句の果てには、そのまま町で所帯を持つと、追々村に残した両親を呼び寄せるのである。老いた親達は、子供達の言うことに従った。更に村の衰退に拍車をかけたのは、麓の町を自動車道がとおり、近在の住民のためにインターチェンジができたことだ。町は市となり、自然を利用した大きな行楽施設を開発したり商業施設を造ったりして、観光客を呼び寄せ発展しているが、村はそうした事業に便乗できず、置き去りにされた恰好となってしまった。龍起寺の住職は、大矢岳仁と言って、早くに妻を亡くし一人で寺を護ってきた。一人息子が居て、この寺を継ぐ予定であったが、K市の寺の一人娘と恋愛関係に陥り、婿養子に入ってしまったのだ。住職は、当初からこの結婚には反対し

「お前、いい加減にしろ！　頭を冷やしてよく考えてみろ！　この寺を捨てる気か。もう、二度とそんな話など聞きたくないわ！」

と、その話題が持ち上がる度、僧侶らしからぬ、人が聞けば驚くほどの大声を張り上げたりしたものだ。当時の住職は、まだ六十歳そこそこの年齢で、何事につけても威勢のいいとこ

ろを見せてはいたが
「亡くなった母さんに申し訳ない。お前が居てくれたならこんな事にはならなかっただろうに。ご先祖様にも、なんと申し上げたら良いのやら」
と、気弱な部分も見せたりした。息子が持ち込んだ結婚の話には、相当なショックを受けたに違いない。息子の提案が
「どなたか家《うち》へ入ってもらえる人はいないだろうか？　うちの寺を継いでくれる人が見つかれば、それが一番いいんだけどな。一般の家庭の人でもいいから探してみようか」
であり、結婚式を挙げる前から、すっかり養子先の人間になりきってしまっていた。
これには温厚な住職でさえ、さすがに驚くほどの大声を張り上げ
「馬鹿者！」
と、息子を一喝したものである。
「息子が居るのを分かっていながら、その後がまに誰が来ようって言うんだ。そんなに身勝手で都合のいい話があるものか。お前のお人好し振りには呆れたものだ！」
住職は、頑として聞き入れなかった。この話には結論が出ずしばらく平行線が続いたが、結婚すると決めた二人の仲は冷めず、駆け落ち騒ぎまでに発展すると、このことが二人の結婚を許す大きな要因となった。大矢住職をなだめけりを付けたのは、町へ引っ越したものの

まだこの寺の檀家のままであった人達が、何回か集まって話し合った結果であった。本人同士の意思を尊重し、一人息子の養子もやむを得ない、としたのだ。大矢住職は、胸の治まりがつかないままこの結果に従うことで、踏ん切りを付けた格好となった。村人達は、K市へ移り住んだとは言え、節目毎の供養には、まだ峠を越えて大矢住職の寺までやって来ていた。たまたま両寺とも同じ宗派だったので、行く末は、養子先の寺のやっかいになろうと、村人達の思惑があったに違いない。大矢住職の息子が養子に入り、しばらくすると高齢であった先方の両親が相次いで亡くなった。今では息子が、その寺を相続し住職として護っている。そうなると、これまで養子先の寺には多少なりとも遠慮気味にしていた村を出た檀家衆も、気兼ね無く振る舞った。大手を振って、堂々と山門をくぐり入って来るのだ。息子に会い、村の寺に残したままの墓や位牌を一斉に移す段取りを立て、名実共に息子の寺の檀家になってしまった。大矢岳仁住職は、いずれにせよ結局は、当人同士の意思を尊重しなければいけない、とは思っていた。だから、わだかまりを持ちながらも檀家衆が出した結果を受け入れたのだった。

二人は結婚し、息子は立派に養子先の寺を切り盛りしているにも関わらず、住職は夫婦の里帰りを許さなかった。それどころか、孫が生れても

「この寺への出入りを、一切禁じる」

と、言い張った。その結果
「何も、そこまでしなくてもいいのに」
と、皆のひそひそ話のネタになった。
又、高齢の檀家の者達が
「ご住職も、そう若くはないんだから、いつまでも我を張らないで。息子が一人前やっているとだし、世話になっても誰もが認めるだろうに」
と、諭したりしたが、大矢住職の意思は固かった。
共に村に住んでいた頃は、寺と檀家の関係は緊密なものであったのに、今では、すっかり息子の寺の檀家になりきってしまっていた。
大矢住職の寺も、ひと頃は町の寺に勝るとも劣らない勢力があった、と言われている。亡き先代達からの言い伝えが残り、檀家の長老達が言うからまんざら誇張した話でもなさそうだ。規模が大きく寺としての格も上だった、と言う。その寺の興隆を懸けた一人息子が
「よりによって、競争相手だった町の寺に婿入りするとは、解せぬ事態となったものだ」
と、龍起寺の檀信徒総代を務める古田に言わしめたものだ。
大矢住職さえも
「いよいよ家《うち》も身の振り方を考えなくてはならない寺、となってしまったのだ。誰のせいで

もないさ、世間がそうさせているのだ。誰だって、便利な町での生活が良いに決まっている。ちょうど、どの家も世代交代の時期を迎えているからな。若者達の意思なのだろう。あえてこちらから、うちの寺の檀家のままでいて欲しい、などとお願いはできない。大きなうねりが動いているのだよ」

と、古田総代に胸の内を打ち明けたものだ。初孫が出来て二年もすると

「息子や孫を思えば、この方が良かったかも知れないね」

弱音を吐くではないが、心境を吐露するようになっていた。すると、古田総代が

「そりゃそうですよ、永い目で見れば、これで良かったと思う時がきっときますよ。息子さんだって、これからの人生が有りますからな。寺で生きてゆく覚悟でお見えだ。山寺に閉じ込めておいてはいけませんな」

古田総代にそう言われると、住職は大人しくうなずいた。どうやら、総代とよく似た心境になっていた。残っていた家も総代役の古田の家のみとなってしまった。家と言っても家族は、麓のK市で暮らしており、七十歳を迎えた古田総代は、家族に生活用品を用意してもらい、村で自炊の暮らしをしている。山間の、曲がりくねった細い道を、古田総代が運転する軽四輪車が、コトコトと走る姿が見られた。

古田総代は、寺のこれからをどうするか、町へ移り住んだ旧檀家の者達の意見を取りまと

めるのに奔走していた。この度、町の寺の檀家になったとは言え、先祖代々世話になった龍起寺を、このまま知らぬ存ぜぬで放っておくわけにもいかない。結果を住職に伝え、住職の意向を檀家衆に伝えるのだ。

庫裏の軒先に腰を下ろし、総代が言った。

「十年前に、村の檀家衆のご寄進で建て直した鐘楼ですが、自分達でした事業なのでまだ記憶に残るのでしょう、この寺で除夜の鐘を撞く習慣は残して欲しい。自分達の責任で鐘撞きに来る、との希望を持ってますな」

「檀家衆は、除夜の鐘を撞くためにわざわざ来て下さるのかね。あちらの寺にだって立派な鐘楼があるのにねえ。誰もいないこの寺に、ご大儀なことです」

「誰だって、この寺を想う気持ちが有りますからな。なにせ、自分達の先祖がお世話になった寺でもあるし、子供の頃に境内で遊んだ思い出は、捨てがたいものです。大事にしておきたいんですよ、そりゃ、私だってそうですからね」

「皆さん、引っ越してしまったのにな」

古田総代は、檀家のいなくなった寺の檀信徒総代を継続していた。旧檀家衆の、一通りの意見がまとまるには、半年ほどかかった。境内を囲む杉やヒノキは、放っておけば無造作に大きくなるばかりだ。伽藍や庫裏の建物だって傷むばかりである。そこで

「現時点での龍起寺旧檀家130軒の合意が得られましてな、龍起寺運営委員会なる組織を立ち上げました。息子さんの寺に事務局を置きます。この組織に、会計係をこしらえることになりました。伽藍維持協力金なる名目で、旧檀家より毎年二万円をご寄進願うことになりましたよ。積み立てたお金で維持、管理をすることになります。持ち回りで、毎年10軒の担当グループを作ります。その人達は、年に六回寺に出向いてもらい、剪定をしたり傷んだ箇所を修繕したりの仕事を受け持ちます。私が世話人として、しばらくはこのまま面倒を見させていただくことになりました。息子さんにも私の補佐として、名をお借りしましたからね」

と、古田総代が新たな取り決め事項を説明すると、住職は目を細め

「ほほう、それは有り難いですな。ここまできちんとしていただけるとは。私は、この寺の住職のままで住まわせていただけるのですな」

と、言った。総代は、さらに付け加えた。

「それは当然ですよ。ご本尊様は本堂にご鎮座してお見えですからな。息子さんに、わざわざ足を運んでもらうより、今迄通りご住職に勤行をお願いしたほうがいいですな。但し、手当てまでは面倒出来ません。息子さんの扶養になって下さいよ」

「御葬儀も法要も、みんな町の寺へ移ってしまった。総代さん、働く場所が無くなってしまったんだもの、何もしないで檀家さんからお布施を頂く訳にもゆくまい。だけど、そうは言

うもののこの先、次の世代に移れば一体どうなるんでしょう」

「世代が代われば、ですねえ……、世間も変わりますよ。どう変わろうたって伽藍、境内はここに在る、このまま、ずーっとではないのですかね」

住職は総代の言葉を聞き、ため息交じりに空を見上げた。秋めいた風が木立を揺るがすと、二人の首筋を吹き抜けていった。さらに、総代が続けた
「ご住職の寺はこのまま残ります。この度立ち上げた、運営委員会の組織もしっかりしています。私の責任で、次の世代へ受け継がせます。息子さんだって養子に行けども、息子は息子です。自分の実家ですよ、放ってはおきません」

大勢の人が参加して継続することだ。念のためにと古田総代は、この度の約束事を連判状にして各家庭に配布した。寺の将来が定まると、総代の役目も一段落付いた、とばかりに古田もついに村を出てしまった。


寺を護ってきた老いた住職も、総代が出払ってしまうと、今迄の頑張りの糸が切れてしまったのか、つられるように寺を出てしまった。息子の寺の庫裏のひと部屋をあてがわれ、毎日自転車で村の寺までやって来た。しかし、すぐに毎日とはいかなくなってしまった。峠を越えるには老いた住職には難儀で、やがて一度寺に来ると十日間はそのまま泊まることとな

った。

檀家達が住んでいた家屋の半分近くは、まだ解体処理されずにあちこちで放置されたままとなっている。一時は峠を越え、田畑を耕しに来たものだった。そのついでに、家の中に入って休息する姿も見受けられたものであったが、次第にその足が遠のくと几帳面に管理されていた農地は途端に雑草に覆われ、家の周りにも茂り始めた。寺は、住職が泊まり込みで新しく組織された役員達とは別に、雑草や落ち葉の手入れをしていた。数本の銀杏《いちょう》の大木と仲良く並んで建っている本堂は、放置された村人達の家屋よりは造りがしっかりしており頑丈な建造物だと言える。朝と夕方に、小まめに読経をする住職を、話し相手欲しさに訪れる古田総代が見かねて

「ご住職、大丈夫ですか？　ぼつぼつ息子さんにお任せしてもいいんじゃないですか。私からお願いしときましょうか」

と、言っても

「な～に、昔取った杵柄《きねづか》じゃよ。まだ、お経を間違えるほどに老いぼれてはいないぞ。余計な心配などしてもらわなくてもよいわ」

と、気丈なところを見せた。未だに息子家族が、寺に立ち入るのを許さないでいる。

そのくせ、生活用品等を運んでもらったりして何かと世話になっている。頑固ではあった

が、世襲制を重んじる寺族の一人息子が、自分の寺を放り投げ養子に出たことにまだ相当なわだかまりが残っていそうだった。息子夫婦との会話は余りなく、食べ物や衣類の交換も、風呂敷に包んだり大きなバッグに詰め込んだりして車で寺まで運んで来る。立ち入り、を認められていなくても息子夫婦は、勝手に玄関先や庫裏の廊下へ置いて行く。仲を取り持とうと、幾度か古田総代が手を尽くしたが、大矢住職のかたくなな態度を解きほぐすには至っていない。まともではない間柄に困った総代も

「致し方ないですな。ご住職が、これで良かれ、と言うのであればこれでいいでしょう。しばらくはこのままで様子を見ることにしましょう」

と言って、息子夫婦に生活用品を運び続けるのを継続するように伝えた。夫婦は、結婚で父親の意を充分に汲み入れられなかったことに負い目を憶えてでもいるのか、何事につけてもいたって素直な態度で聞き入れた。住職は最近では、余程でなければ息子夫婦のもとへは行かなくなった。どうしても、の用事があれば、古田総代やわりと気心が合う檀家の者に頼んだりした。遠慮しながらも、助手席に乗せてもらい行き来する。都合によっては、これが度々となることだってある。慌てたのは息子の嫁であった。大矢住職にしてみれば、息子を連れ去った憎き女性、の立場であり町の寺の坊守でもある娘は、苦言の一言も口に出さず、義父が頼み込んだ家々を追うように、粗品を持ってお礼とも謝罪とも分からない言葉を掛け

て回った。

そんな折、住職が野うさぎを目にしたのは、日も傾きかけて樹木で覆われた境内がほの暗くなり始めていた頃だった。いつものように、境内の落ち葉を掻き集め燃やしていると、素早い動きの生き物が本堂の縁の下へ走り込むのを目撃したのだ。白く湿っぽい煙がゆらゆらと木立の間を抜けて行く。大矢住職は、首に巻いたタオルで目元をこすりながら棒切れで残り火を突つき、今日の作業を辞めようとしていた。その野うさぎは、辺りの様子を探ってでもいるのか、一旦縁の下に身を沈めしきりに首を動かしている。すると又、林に向けて駆けだした。随分とせわしし気な動きだ。住職は、それが兎であると知り

「やっ、これはいったいどうしたものだ！」

と、初めて目にする光景に、驚きを隠せないでいた。

「さてさて、村には兎を飼っていた者など居なかった筈だが。どうやら飼われていた兎ではないようだな。野うさぎがねえ、そうだ、山から下りてきたのだ」

そして

「いよいよ、こんな所まで来たのか」

と、呟いた。

「向こうの山は、自動車道の工事ですっかり荒らされたからな。それに、町が造った行楽施設、あのでかい工事も良くなかったよな。お前たちも、とうとう居場所を追われてしまったのだな。私は、この寺があるからまだいいようなものだけど。まあ、よく似たもんさ。この村も、人が居なくなって静かなものだ。ここが気に入ったのなら棲むがいいさ。いつでも歓迎するよ」

住職は、独り言を口にしつつ次の日も待ったが、野うさぎは姿を見せず、その次の日も待ったが一向に現れなかった。

「そうだったな、お前たちは用心深いものな。日の白昼に動き回ることはないだろう。そう言えば、この前見たのは夕闇迫る頃で、辺りは薄暗くなっていたものな。あの日は、いの一番に私の寺へ偵察にやって来たのだ。ここが安全だと分かれば、群れがどんどん押し寄せて来るぞ」

一気に胸が膨らんだ。住職は納得すると、あまり干渉しないように心掛けた。昼下がり、煙そうに目をこすりながら住職は、いつものように一人で何やら呟いている。干渉しないと心掛けたとは言え、あれから一度も姿を見せない野うさぎに少々苛立ちを憶えるようになっていた。弱い立場の動物だから、昼間に姿を見ることは少ない、と理解していても、わざわざ夜を待ってまで姿を見る気にはならなかった。

「ほかでいい場所が見つけられたんだろうよ。それとも、天敵に襲われてしまったかも知れないな。狐か野良犬かトンビか。己の命が、他の命を生きながらえさせた、って訳だ。無駄にはなってないよ。あの時は、たった一瞬の出会いだったけれど、これも何かの縁だったのだろう」

諦めにも似た口調で呟いた。最初に出会った時のように、夕刻迫る薄暗い時間までわざと枯れ葉を燃やして心待ちにしていたが、姿を見ることはなかった。それでも心の隅にまだ期待は残っている。それだけに遂には

「今度来たら追い払ってしまうぞ。もう、寺《うち》には用はないからな。お払い箱だ、覚悟しておけ！」

と、そんな捨てせりふを口にすると、だいぶ気分が和らいだ。さらに、それにも増して住職の気持ちを鎮めたのは、寺への道すがら時々野良猫や野良犬を目にしたことだ。数こそ少ないけれど、飼いネコや犬が置いてゆかれそのまま野生化してしまったのだ。原因はこの村にある。と言うことは、自分にもその一端があると思ったのだ。これ等の動物たちは、住職が健康にと村内を散策していても、時々目にしたものだ。人が懐かしいのか近寄って来るものの、すぐに林の中へ逃げ込んでしまった。

「やぁ、あれは源治が置き去りにした猫に違いない。あの犬は、春雄の家で飼われていた犬

だ。連れて行けばいいものを、不憫《ふびん》な事をしたものだ」

それを古田総代に言うと、総代はうん、うんとうなずきながら
「そりゃあ、酷い事をするって言われるご住職の気持ちは分かりますけれどね。町は、村に住んでたほど大きな家じゃないからね、飼えないいんですよ。なかには、市営の住宅に入った者もいるし、そうでない者もいる。人それぞれにいろいろな条件が付いて回るんですよ。我々が、どうこうしてやることもできません」

と、説明した。

身体の模様とか大きさで、村の誰が飼っていたものなのか住職にはすぐに見当がついた。残された生き物たちは、懸命に生きようとしているだけだ。その餌食になった野うさぎたちが姿を見せなくなった、と怒りをぶつけるのも、筋のとおらない話だと思わされた。

「野うさぎは、野良猫や野良犬を避けてこの寺まで入り込んだのだろう。村を無人にしたのも大きな要因に違いない。それにしてもだ、棲む場所を荒らされて山を下りた弱いものが必死に生きようとしているのに、次は飼い主に捨てられて放浪する弱いもの、に襲われる。弱いもの同士が争わなくても良いものを。命を繋ぐためとは言え……そうだな、このものたちには言葉が無いからな。互いの気持ちが分からないいんだよ、きっとそうだ。話し合いがないからな」

住職はぼそぼそ喋りながら、自分なりの結論に解答を得た、とばかりの気分になりながらも、まだ何やら口元を動かしていた。

「いずれこうなるのは分かっていたさ。人が居なくなれば、山の動物が下りて来るに決まっている。そのくらいは分かっていたよ」

廃材や枯れ葉を燃しながらの毎日は、活況を呈していた頃の村の生活や、今迄の自分の生き様を振り返ってみたり、組織作りが完了したとは言え、この寺の行く末を案じてばかりであった。しかしここ数日来、そんな重苦しい気持ちはすっかりと薄らいでしまっていた。野うさぎを想うと気が晴れるのである。あれ以来、姿を見られないでいたが、あの時の野うさぎの一瞬の動きを目の当たりにし、毎日生きていられるのはごく当り前なこととして、何の疑いも持たなかった自分の浅はかさを思い知らされた。それは、野生動物の、生きるしたたかさ、だった。どんな境遇に陥っても、ひたすら命をつなぐ根性を野うさぎに教えられた気がしたのだ。住職は今迄、自分の片隅に隠れていた〝ぼんやり〟がいきなり白日の下にさらされた気がして、数日は面持ちの定まらない日を過ごしていた。

そんな日が続く或る昼下がりだった。住職が、本堂の裏手の木の下で椅子に腰を下ろし休んでいると、偶然にも縁の下にこんもりふくらんだ箇所があるのを見つけた。板張りの縁の上を腹這いになったままこっそり近づいて板の継ぎ目から下を覗きこむと、そこにはこげ茶色をした野うさぎが一羽、巣に横たわっているのが見える。枯れ枝に枯れ草、自分の体毛をむしった毛まで混じり、粗末な巣だけれど暖かそうな巣だった。横たえる腹の大きさから、どうやら身ごもっていそうだ。

「ここで産むつもりかも知れないな。だけど随分と不用心じゃないのかね。縁の下に隠れたって安全とは言えないよ」

と、言った。

「そうだ、まだ犬も猫も見てないな。どうやら、ここまでは追って来ていないようだ。ここへ逃げ込めばもう大丈夫だよ、阿弥陀様が君たちを守ってくれるからな」

住職はその場を離れ、いつも枯れ葉を燃す所まで来ると丸太に腰を下ろし、たき火に小枝を放り込んだ。野うさぎが戻ったことに安心したのか、一度大きなため息をつくと

「さて、これからは忙しくなるぞ。天敵を追い払ってやらなければいけないからな。しっかり見張ってないといけない。私に任せておくが良い」

自分に言い聞かせるようについ声だかになったものの、興奮のあまり、干渉しないでおこう、とする自分自身との最初の取り決めをすっかり忘れてしまっていた。

その日は、いったん息子の元へ帰ることにした。既に夕刻になっていたし、車の依頼も気

が引けたので自転車で帰ることにした。町へは、峠を越えさえすればあとは下り坂が続く。村へ戻る時よりも、うんと早く着くし楽だった。息子の寺に着いた時には、既に暗くなっていた。山門は錠が下ろされていたので、そのまま土壁つたいに庫裏のある位置までやって来た。土壁のくぐり戸から敷地の中へ入り、玄関で声をかけてみたが何の応答も無かったので、勝手に廊下つたいにあてがわれている部屋へと向かった。すると、部屋の扉の前に立った時、いきなり

「あら、誰か？　誰かしら！」

と、女性の大きな声がした。息子の妻だった。

「私だよ！」

と、住職はそれに負けない大きな声で返した。

「あら、お義父さん、駄目でしょ！」

声も掛けずに勝手に上がり込んで来た、とばかりの顔で見つめ抗議も含んでか、さらに声高に

「暗くなってから出歩いては危ないでしょう。あの山道を自転車で来たんですか？　電話して下されば、迎えに伺いましたのに」

そう言うと、大矢住職の息子である主人を呼んだ。

息子は、部屋の障子を開けると顔だけを出し、仕方のない親父だな、と言わんばかりの表情で、まじまじと父親を見つめていた。そして
「もういいよ。親父の気の済むようにしておいてやってくれ」

と言うが早いか、余程込み入った仕事でもしていたのかピシャッと障子を閉めてしまった。

「食事はどうされました？」

「済ませたよ。風呂も済ませて来たから心配せんでいいよ」

「身体を温めてからお休みになった方がぐっすり寝られますよ。もう一度、家《うち》でも入られたらどうですか」

「大丈夫だよ。それより、明日の朝早いからね。もぬけの殻でも、村へ戻ったと思ってくれればいいから。朝晩冷えるようになったから、今度来る時には夜具を冬用にしてもらえないかな。食事は前回運んでもらった自炊分がまだ残っているからね、少しでもかまわないよ。息子にそう伝えて下さいな」

久し振りに息子の寺に来た。野うさぎが現われ、巣を作り始めたことを孫達も含め、一家団欒でゆっくり話そうと楽しみにしてやって来たのに、どうやら拍子抜けしてしまった。住職は、話すのを止めた。その気にはなれなかった。あてがわれていた部屋に入り、しばらく寝付かれないでいたが、その後孫達ばかりか息子夫婦さえも改めて声をかけに来ることはな

かった。私と野うさぎの仲だ、誰にも話すまい、話すものか。その夜、気分が高ぶり何度も寝返りを打った。

「息子の寺とは言え、厄介になる所ではない。息子の仕事を手伝いながら自分もこの寺で余生を、と思ってはみたものの、この空気は私には合いそうもない。毎日ふさいだ思いで居るより、野うさぎたちと一緒に暮らした方がいいに決まっている。これからは野うさぎたちと一緒だ。寂しくなんてない、彼らが居てくれさえすればそれでいいんだよ」

自分にそう言い聞かせると、高ぶりも鎮まり気付かぬうちに眠りに就いていた。翌朝、住職はまだ明けやらぬうちに、こっそりと息子の寺を後にした。

村の寺へ戻ると、昨夜の寝足りない分を取り戻そうと、庫裏に敷いたままにしてある布団に身を横たえた。巣作りを始めた本堂の濡れ縁には、渡り廊下で繋がっている。渡り廊下が、本堂に届いた位置に八畳間に床の間が付いた部屋が在った。縁は、本堂の外周を囲んで造られている。床の間付きの部屋は、かっては客人の宿泊用の部屋として用意されてあったが、随分前から客人など来ていない。今では物置部屋となっている。野うさぎのいる縁の下には、この部屋ならば近くて便利であった。夜中にふいと目覚めても、長い渡り廊下を歩かずに見に行くことが出来る。そう考えて、あくる日の朝、庫裏に敷いていた夜具をこの部屋に持ち込んだ。今迄とは別の野うさぎも混じったらしく、少し離れた場所に出入りしていた。新しく加わった野うさぎは、もう幾度となく巣作りや出産を繰り返していたらしく、手慣れた様子で早々と巣を完成させてしまった。この野うさぎは、山の大きな木のふもとに穴を掘ったり、高台の草むらや、この寺を覆うように広がる竹藪の中で子育てをしたが、いずれも我が子は巣を離れ、外へ出た途端に野犬に襲われたり鳶《とび》に持ち去られたりしていた。住職は、自然の中に生きる動物が、人間が作った構造物の中へ入り込んで巣作りをするのには、余程の事情があるのだ、と思った。自分が守る、と大口を叩いたものの、果たしてここが本当に安全なのかどうかは自信がなかった。山の中から出て来なければならなくなったのは、野うさぎにしてみれば辛い決断だったのだろう。そう思うと、この村の今迄の出来事が、走馬灯のように住職の脳裏を駆け巡った。縁の下の、あちらこちらに増えた野うさぎの塒《ねぐら》を目の当りして、改めて自責の念に駆られた。住職は、縁の板の隙間から下をのぞき込み巣のある場所をおおよそ知ると、その真上を歩くことを避け、出来るだけ端っこを小刻みに歩いて人の気配を感じさせないよう気を配った。しかし、ミシミシと僅かな音が立つ。

「おや！　どうしたのだろう。少しも警戒してないようだね。この音が聞こえていないなんて変だよな。そう、聞こえていないかも知れないな。いや、聞こえているよ、きっと耳に入っているに違いない。なにせ、あの大きな耳だからな」

と、想像の中に生まれる他愛のない、自分とのやり取りが住職には心地良かった。

秋晴れの日の夕闇迫る頃、住職が庫裏《くり》の軒下で長椅子に腰を据えていると、突然目の前を野うさぎが走り去った。正面から出くわしても少しも驚いた様子を見せず、野山を走り回る時と同じように平然と住職の前を走り過ぎる。そう言えば以前にも、一羽の野うさぎが突然目の前を走り抜けたのを思い出した。あまりにも突然で、驚いて一瞬身構えたものだった。今回も、肝を冷やされた住職は、矢のように走り去った野うさぎの方を見て
「びっくりさせて、この私を寺から追い出そうとしているのか？　そうはさせないぞ。この寺では、私の方が永く居すわっているからな、先輩なんだよ。君たちのような、きのう今日の新参者じゃないからな」

と、いまいましそうに呟いたものだ。寺へやって来る兎が増えれば、その分だけでも鉢合わせする場面は多くなる。びっくりさせられることは幾度となく起きるようになっていたが、住職は次第に慣れてきて、さほど驚かなくなっていた。

「ひょっとしたら、僕がどんな生き物なのか調べているかも知れないな。野うさぎたちは、人間と遭遇するのは初めてなのだろう。驚かせてやれ、と言ったところかな。驚かせて……なる程な、僕は野うさぎに試されているんだ」

と言って、自分ながらに不思議な程に大声で笑った。腹の底から笑いが込み上げてきたのは、いつの日のことだったかと思った。

「自分も、野うさぎたちと同じ立ち位置で暮らせばいいんだ。そうすれば、きっとうまくいくさ。だがお前たち、人がいると知れば、警戒して寄り付かないのが当たり前じゃないのか？　それに、白昼から走り回って、一体どうしたのかね……。そうか、僕は試されていたんだったな。心配しなくたっていいんだよ」

住職は再び思いっきり大きな声で笑った。そして
「いや、いや、人間がすべて怖い生き物とは限らないからな」

と、今度は少しばかりの笑みをうかべた。

「まぁいいさ、好きなようにするがよい。お前たちと一緒にこの寺で暮らすのも、まんざらでもないぞ」

住職は、毎日寺で寝泊りするようになっていた。息子は、生活の品物を届けると挨拶もそこそこに帰ってしまう。古田総代は、住職の健康を気にかけて組織の行動とは別に、時折好きな果物を差し入れしたりしてくれる。野うさぎの件は、まだ誰も気付いていない様子だったし、あえて話しもしなかった。住職は、ひとり占めを楽しみ、それは次第に自分だけの大切な秘密となっていった。

年の暮れが迫る頃、古田総代が運営委員会のメンバーを連れ立って寺へやって来た。新し

い年を迎えるための大掃除だ。この時ばかりは、二日間かけての奉仕活動となる。役員十人が手分けをし、境内の掃き掃除や伽藍の雑巾がけをしたりする。場合によっては、仏具を磨いたりもする。この一年、寺としての行事はしなかったけれど、正月を迎える準備だけは例年通りに行われた。寺も、この時ばかりは騒々しくなった。今回はメンバー達が、息子の寺の厨房を借りて、お供え用の餅を作ったりして村の寺まで運び入れるのだ。一日目は大掃除で終わり、二日目に飾りつけを行うのが歳の暮れの習わしだった。息子夫婦は、寺へやって来たものの、この人達に挨拶もそこそこにして帰ってしまう。まだ、立ち入ることを許されていなかったのだ。それが分かっていたので、集まった誰もが苦言も言わず黙ったまま働いた。突然住職が、思いがけないことを言った。

「総代さん、ここから向こうは僕が毎日手掛けているから必要ないですよ。掃除はいいのでお供えだけにしておいて下さい」

と、本堂の方向を指さした。

「最近、歳のせいか自分の思い通りにしないと落ち着かないんでね。折角、こうしてお集まりしていただいているのに申し訳ないがそうして下さい」

住職からの、たっての申し出だ。当番で集まったメンバー達は、古田総代からその旨を告げられると

「へぇ～、変わったものだな。そんなに几帳面なお人ではなかったのに。独り身の勝手気ままな暮らしが続いたから、ついつい我がまま放題になってしまったのかねぇ」

居合わせた者達は、意外な変わりようだ、とばかりに顔を見合わせた。住職は、野うさぎが驚いて来なくなるのを心配し、本堂の床下周りには人を立ち入らせたくなかったのだ。余った時間を、鐘楼の清掃や、除夜の鐘を撞きに来た人達の足元を照らすための延長コードを引いたりした。例年、除夜の鐘を撞いた人はてんでに本堂へ出向き、そこで役員達がサービスで提供する熱いお汁粉を頂く。中には、こんがりと焼け目のついた美味しそうな切り餅が入っている。寒空の中、冷えた身体はよく温まり、これが楽しみで除夜の鐘を撞きに来る人も多かったが、今回から鐘を撞くだけで本堂へ寄る人は居なくなった。旧檀家の者達は、鐘を撞き終わると、せいぜい暗い境内を見渡し、一時その場にたたずみ往時に思いを巡らすくらいですぐに帰ってしまった。お陰で本堂の周りは、時々響く除夜の鐘の音だけで、人の会話も聞こえてこない静かな年の暮となった。

巣は五ケ所に増えていた。最初、つがいで姿を見せたものの、すぐに一方が姿をくらました。残った方が、どうやら雌の野うさぎだ。番人らしく、きょろきょろと神経質な動作であたりを警戒し巣を守っている。最初の巣は、今ではもぬけの殻となっている。親兎は、既に何回も子育てを経験しているようで、出産が終わると生まれた子兎は意外と速い成長ぶりを見せ、順調よく自立してさっさと山へ入ってしまった。

「子兎たちは、いずれこの寺に戻って来てくれるだろうか」

住職は、よくこんな独り言を口にして、巣立った野うさぎたちが戻り、親子共々活発に動き回る賑やかな寺の境内を思い描いていた。干渉しない、と決めていても数が増えるのは楽しみだ。毎日、覗かずにはおれなかった。

「正月は、お前たちと迎えられそうだな、嬉しいぞ」

と言って、年の瀬の冷えた縁の板の継ぎ目から巣を覗いた。まだ明けやらぬ早朝と、陽が落ちて、暗くなる頃に覗くのが毎日の日課となっていた。この頃になると、古田総代を始め殆んどの旧檀家達は、野うさぎが縁の下に巣をこしらえ、それを見た住職が、大層喜んで迎え入れている、とする情報を共有していた。それを知らないで、いまだに自分だけの秘密、と思い込んでいたのは大矢住職だけであった。


正月が過ぎ、年の瀬の後片付けを済ませると、再びいつもの静寂が戻った。冬の陽だまりの中で一人ぼんやりしていると、今までの野うさぎたちに対する自分の考えは、間違っていたのではないか、との思いが湧いてくるのである。野うさぎたちは、この寺には人がいることを知っていたのだ。偶然に、この寺へ迷い込んだわけではあるまい、と言うことである。

きっと住職が天敵を追い払ってくれる、と望みを託したのだ。だからあの時、突然住職の前に現われて、住職が果たしてどんな人間なのかを試したのだ。

生きる領域を散々荒らされてきた野うさぎたちの、究極の賭けであったに違いない。命がけでこの寺へたどり着いたのだ。そう思うと、野うさぎが走り回る姿に、改めて共感を覚えた。

「小川村の住人は、僕のほかに君たちが加わった、嬉しいではないか。どれだけ増えるだろうね。以前のように賑やかな村になるといいのだが」

住職は、感慨深く空高くに浮いた雲を見つめ

「あの雲ばかりは、あの頃と少しも変りないな」

と、呟いた。

大矢住職の周りには、息子夫婦や孫達、古田総代と龍起寺の旧檀家衆等、大勢の取り巻きが居たけれど、誰もが一歩引いて自分に接しているように思えてならなかった。そんな折、現われた野うさぎにはとても元気付けられ、この村で活躍していた若かりし頃の自分を彷彿とさせた。母兎は、巣作りを終えると意外と早く出産した。いち日に、二回程の授乳のため食事に出る。この時期の食事は、枯れ草や樹皮が多かった。出かける時は、天敵に荒らされないために巣穴を塞いでから出かける注意深いものもいる。この仕草を垣間見て、住職は

「なかなか心配性な奴じゃのう……」

と、感心して、いつも通りの独り言を口にする。夕暮れ時には
「そんなに几帳面にしなくたっていいんだよ、それよりさっさとご飯を食べておいで。巣のことはこの私が見ていてあげるから」

と、優しく言葉をかけたりもした。

　母兎は、一旦外へ出るとなかなか戻って来なかった。子育てを放棄してしまったのか、と思わされることも度々あった。

「ひょっとしたら天敵に襲われてしまったのだろうか。親がいなくなってしまったら、巣の中の子供たちは一体どうなってしまうのだ」

　心配でならない、とばかりに相変わらず自問自答するが、母兎は住職が待ちくたびれて、うたた寝を始めた頃に戻って来て授乳を始める。日中は、巣の中に籠《こも》ったまま過ごすことが多かった。寺に隣接する霊苑には、まだ数軒の家の墓碑が残ったままだった。命日にあたる家では、町からやって来て先祖の墓前に果物等のお供え物を置いて帰って行く。そのお供え物を狙って野生の動物たちがやって来る。供え物が全く無い時でさえあたりをうろつき回っている。だから、少しの時間だけでも姿を見ないと、こうした動物の餌食になったのではないかと、気がかりなのである。その墓碑さえも、今では、ひとつ消えふたつ消えて、やがて残っていた墓碑さえもすべて息子の寺へ移ってしまった。いよいよ小川村が廃村となってし

まった思いで、住職の背には一段と寂しさが覆いかぶさっていた。

新しい年を迎えて大矢住職は、今迄を振り返ってみた。寺で巣立った野うさぎは、数こそ把握できていないが、随分いるに違いないと思う。いずれも野山へ飛び出し、戻って来ていない。野うさぎには翻弄され続けたが、自分にとって日々の暮らしの大切な支えになりつつあることを知った。住職は、寺で寝たほうが暖かいだろうに、と思って戻るのを待ち望んだが姿を見ることはなかった。

「少しならかまわないだろう、と思い、板の継ぎ目から覗き見したのがいけなかったのかな？　僕を試して、ここならばと、選んでくれたのに。お前たちにしてみれば、危なかしい冒険だったろう。縁をミシミシさせて余計な心配をさせてしまったようだ」

住職は、思い当たるひとつひとつを口にしてみた。野うさぎたちに対し申し訳ない気持ちで一杯になるのとは裏腹に、裏切られてしまった思いが生まれては消えた。僅かな間だったけれど、生き甲斐が無くなるようで、元の寂しい毎日に戻ってしまうのかと一人で悩んだ。

それでも、息子の世話になろうとする気はなかった。

「除夜の鐘、これも良くなかったな。年末の大掃除、皆でワイワイ騒々しくやったからな。でもな、人の社会では仕方のないことなのだよ」

日課にしていた境内の掃除も、僅かばかりの雪解けで幾日も地面が湿ったままとなり、手が付けられないでいた。自炊の食事を執り、午後の日向ぼっこをしながらの退屈な時を過ごす日が増えていた。そんなある日のこと、住職は縁の下のひとつの巣から聞こえてくる微かな音を耳にした。夜具が体温でやっと暖まり、ちょうど眠りに入る時だった。しんとした境内の静けさの中で確かに聞こえてきた。どうやら、巣の中で授乳をしているようだ。濡れ縁の板の隙間から見る、月の明かりに映るそれは、最初に作られてずっと使われないままになっている巣を補修した物だった。若い親兎は、巣からか顔を出し一瞬辺りを見渡すと、すぐに引っ込めてしまった。縁の板はとても冷たく、日が沈むとわずかな風を受けただけでも思わず身震いする。住職は、たまらず部屋へ逃げ込み、敷きっぱなしの布団に潜り込んで身体を温めた。その夜は、感激で眠れなかった。何度も寝返りを打つ中で、よくぞ戻って来てくれた、と思った。

「もう、大丈夫だ。私を裏切りはしなかったな。私だって信頼出来るのは、お前たちだけなのだよ。これでもう決まりだな」

寺で巣立った野うさぎが戻って来たのだ。巣の中の若い親兎は、今までの親兎とは明らかに違っていた。住職は、最初の巣が出産のために手直しされ、子育てされているのを知って、野うさぎたちがいよいよこの寺に棲みつき始めていることを確信した。

大寒に入ったある朝、住職から
「相談したいことがあるのだよ、聞いてもらえないだろうか。来て欲しいんですよ」

と頼まれて、古田総代が寺にやって来た。

「いよいよ寂しさに耐えられなくなったのだ。ぼつぼつ話し相手が欲しくなる頃だろうよ。毎日、兎が相手じゃな。町の話題もいろいろ知りたいのだろう」

と、勝手な思いを口にしながら、古田総代が到着したのは昼近くになっていた。

その時も住職は
「車は、本堂の近くには止めないでもらいたい。庫裏の裏手にでも止めてもらえないか」

と、注文を付けた。古田総代は、いったいなぜそんなことを言うのか？　と思ったが、住職の意向が呑み込めたとみえ
「ご住職は、野うさぎを気遣ってお見えなのだ。暮れの大掃除の時だってそうだ、本堂の付近だけはほっといて下さい、と言った。おかしなことを言われると思ったよ」

そう言いながらも住職の要求に従った。

住職は、時の挨拶を交わすと熱いお茶を入れてくれた。しばらくは、町の情報やかっての小川村の話題で話に花が咲いた。古田総代は、やっぱり住職は寂しいんだ、と思った。そして、早く息子の元へ戻ればいいものを、とそのことを進言しようとした時、住職に先をこさ

れた。

「総代さん、遺言をしたためてもらえる人は、町にいるのかね？」

と、訊ねた。古田総代は、怪訝な表情でしばらくの間住職を見つめていたが
「遺言とは一体何事ですか？　そりゃ、町には居ますよ。頼めば何時だって受けてもらえますよ。専門家、なにせ商売ですからね。だけど、何のために書くんですか？　この寺は、旧檀家さん達の管理物だし、ご住職の私有物は息子が相続する。檀家さん自体、みんな息子さんの寺に移ってしまいましたからね。この寺を管理するための組織もできたことですし、お金だって〝維持協力金〟なる集金組織があります。貯めたお金が幾らかありますが、その辺はどうなんでしょう、相談してみないといけませんな。結局この寺は、息子さんにお願いすることになるのではないですかな。遺言だなんて、この寺には必要ないですよ」

と、言った。

「総代さん、そうでもないんですよ。私には思うところがあるのです」

「思うところ？　この寺に限って、わざわざ遺言をしたためる程の思いって、そんなのがありますか？」

「そうなんです。だから遺言をお願いしようと思っているのです」

「遺言と言えば、なかなかきついものですよ。もし、ご住職が真剣にお考えなら一度、檀家

の衆を集めて話し合わないといけませんな。それに、息子さんもお見えでしょう。個人の家のように蓋を開けたら遺言状が、ってな具合には参りませんよ。皆さんに相談してからでないと、内緒で勝手に進める訳にはいきません。ご住職、あまり波風立てないようにして下さいな」

「私は何も、事を荒立てるつもりなどありませんよ」

二人は、窓越しに射しこむ午後の日差しを受け、部屋の隅に置かれた炬燵に身を沈めていた。住職が、ぬるくなった茶を時々入れ替えてくれる。その茶をすすりながら話し合った。

「そう言われてもご住職、揉める元です。この寺の行く末に付いては、誰もが暗黙の了解をしているのです。かねがね申し上げているとおりです。それにしても、今更遺言だなんて由々しきことを、一体全体どなたに渡すおつもりですか？　私の知る限りでは、それらしき人は心当たりがないいんですが。それとも、誰も知らない人が住職の後ろに控えてでもおいでですかな？」

と、少しばかり皮肉を交えて言った。

「そんな人が居る訳ないでしょう、馬鹿なことをおっしゃる。総代さん、私の身の周りはあなた方が良く知ってのとおりなのだよ」

茶菓子を頬張りながら、古田総代が言う

「よく分かりませんな。ご住職の言われる内容が掴めません。一体誰に？」

「人じゃないんですよ」

「人じゃないって、そんな遺言がありますか？　聞いたことありませんな」

住職は、やや間をおいて

「寺《うち》に棲みついた兎です。今日も元気よく飛び跳ねてますよ」

と、うつむいたまま小さな声で言った。古田総代は、性質《たち》の悪い狐にでもつままれた面持ちで、きょとんとしたまま身動きができなかった。住職も、じっとしたままで何も言わない。いよいよ二人は、茶を口に運ぶことも忘れて、根比べでもしているように黙り込んでしまった。古田総代は内心、孤独な独り住まいが続いたからな、おかしな事態にならなければいいが。いよいよ頭が変になってしまったのか、と時々住職の顔を一瞥しながら、そちらの方を気にしていた。住職が言ったことは、理解の範疇を超えていた。もし、住職が言い張るのであれば、いずれ近いうちに旧檀家の臨時総会を開かなければいけない。しかし、この度の訳の分からぬ遺言の相談は、軽々しく檀家衆には持ち出せない。やっと古田総代が、怒りを抑えながら重い口を開いた。

「受け入れられませんな。いくらご住職の頼みでも、相手が兎ときちゃね。いい加減にして下さいよ」

と、言った。住職は、いよいよ本心を話さなければいけない、と思った。

「総代さん、遺言の相手が野山を走り回る兎ではね。そりゃ、何が何でも無理でしょう。そのくらいは分かっています。だけど、私がひょっこり亡くなってしまったら、寺に棲みついた野うさぎたちはいったいどうなるんでしょう。総代さん、面倒みてやってもらえないですか。いずれ、手間ひまもかかるようになるし、お金だって必要になる時もくるでしょう。そのために、お恥ずかしいことですが、私の僅かばかりの蓄えを総代さんに受け取ってもらわなければいけません。次の代もその次の代も、寺の野うさぎたちを面倒見てもらえる人を、遺言で指定しておけば、と考えたような次第です。いや、いきなりとんでもないことを言うとお思いでしょう。私の気がかりはそれだけですよ。誰も居なくなってしまった小川村です。皆さんが決めたことだもの、廃村だって仕方ない。だけど、龍起寺はそうはさせたくないですな。野うさぎが棲みついて、以前の賑わいを取り戻してくれればそれでいいんです。野うさぎが村人と入れ替わるだけですよ」

住職は、弱々しい口調であったが総代を見つめる目は鋭かった。

古田総代は、頭を抱え黙り込んでしまった。しばらく考え抜いたあと
「個人でなくても、運営委員会なる組織もありますしな。わざわざ遺言をしたためなくても、伽藍維持協力金の積立金でまかなえますよ。いずれにせよ、私の一存では参りませんな。檀

家衆に集まってもらい、皆さんの考えをいただかないと。いい歳になってしまった私より、もしかしたらもっと若い者のなかに受け手がいるかも知れませんよ」

と、言った。

どんな周期なのか、野うさぎたちを見掛ける時はよくあったが、全く見ない日も幾日か続いた。寒くても相変わらず元気で、縁の下と里山を行き来する。息子が、食材と一緒に差し入れてくれた冷えた握り飯が無くなり、炊飯器で米を焚いた。おかずは、熱を加えれば済む程度の簡単な物に、自分が漬けた夏野菜の漬物が主だ。最近になって味噌汁が作れるようになり、漬物に加わって少しだけ食卓が賑やかになっていた。それにも増して、温かく立ち上がる味噌汁の香りと、揺らぐ湯気には癒されたものである。昼間、天気が良ければ境内の外へも出る。運動を兼ねて、廃屋となった民家や耕作放棄地となった田畑を見て回った。かっては何事にも旺盛で、活気に溢れた村であったのだ。当時の生活のひとつひとつを思い浮かべながらの散策であった。寺に戻れば、火鉢にかけた熱いお湯を、お気に入りの急須に注ぎ茶を飲む。野うさぎたちは、最近になって境内での行動範囲を広めたらしく、遠回りになっても庫裏の側を通って巣に行き来する。今度ばかりは、気付かぬ振りを徹しなければいけない、と思った。

近頃、風呂へ入るのが億劫になってきた。温水器からは自動で浴槽に湯が入るのだが、清掃が大変だった。自然体で境内の掃き掃除をしたりするのと違い、腰をかがめてゴシゴシ擦ったりするのは、冬場でもあり入浴も毎日ではなくなっていたけれど負担となっていた。その日も、湯に浸かり身体を温めてから就寝するべきであったが、汗をかいてないことを自分への言い訳にし、着替えもせずそのまま床に就いた。夜更けの寒さは、老いた身にはこたえたに違いない。住職の亡骸が発見されたのは、亡くなってから十日も過ぎた二月も末の午後のことだった。最初、古田総代は気配のしない住職を案じ、早速息子を尋ねたが
「家には来ていません。まさか、親父に限って連絡がつかなくなるとは」

父親の身を案じてくれる古田総代に、簡単な礼を述べると表情をこわばらせた。

「お恥ずかしいのですが、ご存じのように差し入れを届けても会えないで帰る日が多かったんですよ。いつも、庫裏の玄関に置いて直ぐに帰ってしまう。勿論、顔を合わせれば挨拶して、互いに健康の気配りくらいは交わしていましたけれど……。最後に届けたのは、確か中頃だったと思います。その日も、声をかけてみたのですが、返事が無くてそのまま帰りました」

と、言った。警察へ届け出る前に、皆で探そう、と話しがまとまり、すぐに実行された。慌てた息子夫婦を交え、古田総代や旧檀家の者達十数人が集まり、村へ通じる道端や、小川の淵、草むらの中を探ってみたりと、こまめに歩きながら二日目には寺へたどり着いた。本堂

横の空き部屋で、布団にくるまり冷たくなった住職を発見した。誰もが、ひょっとしたら、と悪い結果を抱きつつこの捜索に臨んではいたが、まさかの現場を目の当たりにすると腰を抜かすほど驚いた。捜索に携わった者達の一人が
「恐らくだが、本堂の濡れ縁の隙間から覗いていて、余りの寒さに閉口し、空き部屋の布団に潜り込んだのだ。そのまま、庫裏の暖かい部屋へ戻ればこんな事態にはならなかっただろうに」

と、言うと「うんうん」と皆がうつむいたままで少しだけ頭を動かした。

大矢住職の遺体は、検視を済ませるとそのまま本堂へ安置された。息子や役員達の案内の元、町からの寺院も加わり盛大に寺葬が執り行われた。寒い日にも拘らず、大勢の人が住職との別れを惜しんだ。龍起寺では最後の葬儀となり、皮肉にも送り出される亡骸は当山の住職となったのだ。

四十九日の法要が執り行われたのは、陽気もだいぶ良くなっていた。ここで生まれ、定着した野うさぎたちの数も増え、境内は以前より活気を呈していた。この寺の主がどちらなのか、と思わせる程に、慣れた様子で縁の下を出入りしているものもいる。その光景は、法要に訪れた村人達の目にも留まったが、それを口にする者はいなかった。誰もが、住職の気持をおもんぱかっていたのだ。

四十九日の法要を終えると、新しい年度の運営委員会十人のメンバー達が古田総代と共に町の喫茶店でコーヒーを飲み、ほどほどに世間話しを堪能した挙句、誰ともなくおもむろに腰を上げると、総代が用意した車に乗り込んだ。寺の管理は、相変らず無償でのお役目であった。

総会の場で

「せめて、コーヒー代くらいは手当として配慮してもらわないと。車で行ったり来たりだって実費がかかります」

と、申し出はしたものの

「ご先祖からお付き合いのある寺です。これからも我々が護ってゆく必要があります。今迄も、無償でお願いしてきました。ここはひとつ、ご奉仕の気持ちで受けてもらいたいものですな」

と、最長老とおぼしき旧檀家の一人が、周りの静寂を破って突然意見を述べた。すると今迄、うつむいたままで口を真一文字に結んだ大多数の者達が、その発言に習って賛成の挙手をした。やがてこの組織も、手当は支払われなくてもすぐに友達同士にも似た集まりとなり、定期的に喫茶店で会って雑談を楽しんだり、寺の関わりで協力しあえることに満足を覚えるようになった。

野うさぎたちは、天敵に襲われることもなく無事に春を越し夏を迎えた。行動パターンは、いつも通りで安定したものになっており、数も少しずつだったが確実に増えてきている。大部分の兎は、早朝と夕方に里山へ出かけ、昼間は巣の中で過ごしたので役員達と出くわすことは少なかった。亡き住職の初盆には、旧檀家衆を始め大勢の人が寺を訪れ、往時を偲んで手を合わせた。ひっそりとした寺であったが、この日ばかりは久しぶりの賑わいを見せた。

この頃には、野うさぎたちのこんもりと盛り上がった巣が、濡れ縁の下から本堂の真下辺りまで広がっているのが見渡せた。

「おいおい見てみろよ、結構な数になったものだな。あんなに奥の方までいってるぞ。ありゃ、ご本尊様の下ではないのか？」

と、言えば

「縁の下の力持ちだな。野うさぎたちが、寺を守ってくれているのかも知れぬぞ。いや、寺に守られているのかもな。どうしたものだろう、このまま放っておいてもいいのかね？」

「役員さん達が居てくれてることだし……そっとしておけば良いではないか」

と、皆が取り留めのない会話を交わした。

初盆を終えてひと段落すると、山から吹き降ろす風が途端に秋めいてきた。日が短くなり、落ち葉が目立つようになると、役員達は月に二回やって来るようになった。それでも時間が足りなくなると、朝のコーヒータイムを削って、清掃作業にかかった。落ち葉を掻き集めて燃やす作業に枯れ枝が混じり、以前から境内に横たわったまま放置されている太い丸木を切ったり、斧で割ったりする作業が加わった。おのずと作業時間が伸び、夕刻迫る頃まで続くことが多くなる。

「年が明ければ、早々に住職の一周忌だな」

と、一人が言えば

「一周忌からは、町の寺で執り行っても良いではないか。何もかもが移ってしまったことだし、いずれ檀家衆の意見をまとめる必要があるな。総代さん、どう思われるかね？」

と、古田総代の方を見て提案する者もいた。

一服しながら、年明けに迎える大矢住職の一周忌の準備の話題が多くなっていた。ぼつぼつ火を消して、残りは次の日に回そうかとする時、いきなり

「住職は、まだ生きているぞ！」

と、信じ難い声が皆の耳に飛び込んだ。驚いて声のした方を見ると、忠夫と言う古希を過ぎた役員が多い中でも一番年の若い男が、皆とは少し離れた場所に立っていた。他の者が帰り支度をし始めているのに、一人でまだ小まめに動き回っていたのである。忠夫は

「待ってくれ、たった今そこに住職が現われたんだ。住職の若い頃の姿が、スッと飛んで行った。あっちの方だ」
と、言って本堂の方を指さした。火は消したので、煙は立っていなかったがよくよく辺りを見渡すと、赤い夕日が煙のように弱々しく伸びて、木立の奥まで役員達の影を投げかけている。影は、そのまま木々の闇に呑み込まれている。
　長老の役員が
「住職が生き返って来る訳がなかろうに。馬鹿なことを言う。お前と言う奴は何を言い出すやら。さっさと帰り支度をしろ！」
と、言い返したものの、その表情には気味の悪さがありありと伺えた。改めて、皆も木立の闇に視線を向けた。地を這う自分達の長い影が、闇に吸い込まれて消えるのを見るのはいい気持ちはしなかった。はるか昔、子供の頃に味わった得体の知れぬ恐怖が、目の前にある闇の中に思い描かれた。古田総代が
「住職が生き返った、と思えばそれはそれでよし、だ。忠夫、さっさとしないか。ぐずぐずしてると置いて行かれるぞ！」
と叱った。さらに
「住職がいてもいなくても、俺はどちらでも構わないぞ。それより、さっさと帰ろう。又、

次回来ればいいんだから、暗くなる前に帰ろう、帰ろう」
と言って、皆を嗾《けしか》けた。
古田総代が運転する帰り道の車の中では、一人が
「みんなの長い影が、後ろの木の枝に揺れて見えたのだ。錯覚したのだ」
と、車内の沈黙を破って言えば、忠夫が
「いや、そうでもないぞ。動くのを見たのだからな。走り去ってすぐに消えてしまったけれど、すばしっこい動きだったよ」
と、反論した。すると皆は、返事が見つからず一様にこわばった表情で、再び外の闇に視線を向けた。しばらくして、先ほどの一人が話しかけるように
「そりゃ、野うさぎだろうよ。山へ出かける時間だからな。ご飯を食べに出かけたんだよ。夕日が眩しくて見分けが付かなかったのだろう。影がぼんやりして、人みたいに大きく映ったんだ。住職は、戻って来ないよ、忘れろ！　いつまでも思っていると、ほら、お前の後ろにも住職が……」
と、言って忠夫を脅したが、忠夫はまだ本気で住職の姿を信じていた。この言葉で、皆の顔が少しは和らいだが、気持ちは沈んだままだった。峠を越える頃、辺りはすっかり暗くなっていた。暗闇の中を、一台の車のライトが、重い空気を車内に詰めたまま曲がりくねった砂

利道をのろのろと下って行った。

野うさぎが、村の寺へ姿を現すようになって二度目の師走を迎えた。息子家族が訪れたのは、最初の日曜日だった。前回、家族が連れ立って訪れたのは大矢住職の初盆の時だったので、今回は久し振りの訪問となった。今日は、寺を管理してくれている十人の役員達と古田総代の労をねぎらい、お礼の言葉を掛けるための訪問でもあった。町では、挨拶代わりにかねがね言葉を掛けてはいたが、現地で会って直接述べるのとは随分と受け止め方が違うと思ったのである。

かって、息子の養子先である町の寺の先代住職夫妻が亡くなると、村を出た龍起寺の檀家衆はにわかに様変わりして、誰に遠慮をする必要も無く大手を振って山門をくぐり入って来たものである。この度、大矢住職が亡くなって、出入り禁止が解除されると、今度は息子夫婦が、大手を振って龍起寺の山門をくぐって入って来る。だが、一つだけ違うところがあった。妻は境内に入ると、一旦は深呼吸でもするかのように大きく息を吸い、辺りを見渡しながら笑みをうかべるのである。息子はその様子を垣間見て、妻が、自然豊かな寺ですね。新鮮な空気で満ち溢れていて、この環境も悪くはないわね、とでも受け止めているのだ、と思っていた。自分もこの寺へ来るたび、すがすがしい気持ちのいい寺、だと思っているが、今

日も山門をくぐり、境内へ足を踏み入れると早々に本堂の甍《いらか》を見上げ、妻は
「思っていたより大きなお寺さんだったのね。ほら、庫裏もあっちの方にあるでしょ。あそこであなたが育ったんですね」

と言いながら、いつもの笑みを浮かべた。村の寺には幾度か来ており、外観くらいは見て知っているのに、いつも見てくれの大きさばかりを口にする。

「あなたの思い入れが一杯詰まった大事な寺ですもの。いよいよ私達の管理下に治まるんでしょう？　うちの寺も随分と大きな寺になるんですね」

と、普段は遠慮気味にしていた妻が、今日はあからさまな態度で口にした。

彼女なりの目論みを持っていそうだった。満足そうな笑みからは、容易にそれが読み取れた。家族は、本堂の前で軽く一礼をすると、作業をしている役員達の元へ足を運んだ。役員達は、夫々に弁当を持参して来ているのを知っていたので、夫婦は手作りの漬物と少しの煮物を差し入れ、一人一人と慇懃《いんぎん》な挨拶を交わした。昼食にはまだ少し時間があったが、住職家族が訪れたので古田総代の号令のもと、早めの昼休みとなった。掻き集めた枯れ葉や枝は良く燃えた。冬とは言え、よく晴れた穏やかな日だったので、たき火から離れていても暖かさが伝わってくる。皆が、たき火を囲み輪になって弁当を食べていると、一羽の兎が木立の陰からこちらの様子を伺っているのが見えた。幼稚園へ通う夫婦の子供と目が合った。木立

の兎は、じっと目を合わせたままで、口をモグモグさせている。
「兎さんがいるよ、ほらあの木の陰からこちらを見ているよ」
と、言った。すると、小学校に入学したばかりの兄も気付き
「本当だ。この寺では兎を飼っているの？　すごいな」
と、続けた。役員の一人が、差し入れの煮物をつまみ
「飼ってるんじゃないよ、野うさぎたちはここが好きなんだろうね、勝手に寺に来てるんだよ。本堂の下には寝床もこしらえているよ。暗くなる頃目が覚めて、ご飯を食べに出かけるんだ。ちょっと変わってるだろう」　と、説明した。
　そして、子供達が言う木立の陰に目を移すと
「あの兎は、君達が初めてなんだね。驚いているかも知れないよ。休んでいたところを起こされちゃったんだね。眠そうな目をしてさ、仲良くなれるかなって思っているよ。きっとそうだよ、君達をどんな人なのか確かめているんだ」
と、言った。すると、年下の子が
「沢山いるの？　動物園みたいだね」
と言うと、思わず皆が笑い出した。
「ああ、いっぱいいるよ。野うさぎの動物園になってしまうかもね」

と、役員の一人が茶を飲みながら言った。兄が
「そうなると、この寺、野うさぎに取られてしまうかもね」
古田総代が続けた
「大丈夫だよ。そんなことにはならないから心配ないよ。手出ししないでさ、知らないふりをしてなきゃ駄目だよ。そう、何があってもさ、僕は僕、野うさぎは野うさぎって割り切るんだよ。今日のお昼ご飯もさ、こぼさずに綺麗に食べて、後始末をきちんとしなきゃいけないよ」
さらに兄が
「野うさぎの寺、だね。野うさぎがこの寺を護ってくれているんだ」
と言うと、再び皆が大笑いをした。先ほどより大きく響いた。
笑い声は、ひとつの塊となって境内を抜け冬の空気を突っ切ると、こだまとなって反響しながら山の奥へと吸い込まれていった。
古田総代は、皆と一緒に笑い声を上げたものの、胸の内では大矢住職に相談された、遺言を思い返していた。果たして、臨時総会を開いてまでして結果を出さなければいけないことなのかと自問するばかりで、あれから一度も会議にかけておらず、亡き住職にはその結果を報告できずに終わってしまった。住職には申し訳ない気持ちでいっぱいだったが、今更どう

にもならない。皆の笑い声が治まっても、考え事でもしているように、しばらくは一人だけ俯いたままであったが

「野うさぎは、だいぶ数を増やしている。大声で笑いこけても、ここが自分たちの棲みかだとばかりに平然としている。我々が、野うさぎの領域に入り込んでしまっているようだ。主従が逆転してしまったな。往時の龍起寺の賑やかさが戻ってきている。もう、大丈夫だ。住職は、野うさぎや寺の行く末を思い詰め、遺言まで口にしたけれど、きっとこの情景を思い描いてのことだったんだ。これで良かった。うん、うん、良かった、良かった。これで、大矢住職の願いが叶えられた、と言うものだ」

そう思いを巡らすと、解放されたとばかりにいきなり大声で笑った。そして、冬の陽を背にし、住職と二人で茶をたしなみながら話し合った庫裏の片隅を思い浮かべていた。古田総代の笑い声は一旦治まったが、思い出したように再び高らかに響き渡った。皆は、きょとんとしてその横顔を見つめていたが、意味の分からぬままつられるように、互いの顔を見合わせて大声で笑った。木立の陰では、野うさぎがもう一羽現われ先程の一羽の横に並んで、相変わらず口をモグモグさせながら人々が織りなす状況を珍しそうに眺めていた。

古田総代の元で発足した、龍起寺運営委員会は続いている。間もなくして、総代が亡くな

ると、大沢と言う七十歳代後半の人物が新しく総代に就いた。合わせて組織の補佐役も入れ替わり、亡き大矢岳人住職の息子からその嫁に移った。嫁は龍起寺が気に入ったとみえ、二人の子供を連れてよく訪れた。夫を自分の実家である町の寺においたまま、学校が休みの日には子供と一緒に寝泊まりする。大矢住職のいい跡取りが出来た、とばかりに大沢総代はじめ役員達は期待し喜んだが、少し経つと様子が変わってきた。平日でも子供を夫に預けたまま、平気で三、四日連続で寺に泊まる。役員達が清掃に来た日でも別行動で、一緒になって手伝うそぶりも見せず、休憩の時の茶の提供もされなかった。見かねた大沢総代が
「補佐役を元に戻しましょう。この寺はそもそもご主人の実家ですからな」
と、言った。
「それは、分かっています。だけど私の寺でもあるんですよ。主人も了解しています。私には、この寺でしなければいけない事があるのです。時間はかかりますが途中で棒を折るようなことはしません。私の思いを実行させて頂きます」
そう言われると、皆が
「ほほ〜ッ、なるほどね」
と、うわべだけの納得ですぐに黙り込んでしまう。嫁の言う『しなければいけない事』とは、一体何なのか教えられないままで、問いただす者もいない。

「それ見たことか。二人の結婚には、大矢住職が反対し続けたが、当時の役員達が認めてしまったからな。それにしても、こんなに強気な嫁だったとはな」

「今さら致し方ないぞ。当人同士が好き合ってた、そこが決め手じゃよ」

大人しい役員達は、かげ口を叩くばかりで決して面と向かっては言い出さない。

境内の一角に仕切りが三つ作られ、その中では沢山の兎が放し飼いにされている。柵に沿って箱のような小屋が幾つも並び、外国から取り寄せたと思われる見たこともない珍しい兎が飼われている。本堂の縁の下へやって来る野うさぎたちは相変わらずだったが、当時を知る者にしてみれば、主役の座を奪われたと思うに違いない。

境内の様子が大きく変わり、役員達の清掃範囲もかなり狭められたと思いきや、この度補佐役に就いた嫁の計画で設営された一連の施設の清掃までやり始めた。清掃のみで、餌を与えたり、健康状態を見極める管理的なことには手出しをさせてもらえない。

ある日突然に、山門の横へ野立て看板が建った。大きな文字で『野うさぎの寺』と書かれている。

その横に、龍起寺の歴史的な案内と『野うさぎの寺』の説明が記してある。最近になって、町の園児や小学校の低学年の子らが峠を越え、遠足や家族ぐるみの行楽でやって来る。子供向けの手頃な一日コースでもあり、評判は良かった。

どうした風の吹き回しなのか、夕方には自家用車で訪れる若い二人連れも現れるようになり、八〇〇円の入園料を払って散策する姿も見受けられる。

嫁は、峠付近の道を拡幅し観光バスでも通れるように、と行政に申請している。

大人しい役員達も、嫁が推し進める龍起寺が進む方向が分かり始めたと見える。

「縁結びの寺、って看板も建てるんじゃないだろうな」

「まさか、そこまでは……」

「そうだろうな、縁結びの寺だなんて、俺は許さないからな。大矢住職の思いは〝野うさぎ〟だよ。それ以外は認められないぞ」

そう言いながら今ではすっかり小さくなった境内の林を眺めたり、柵のなかで遊ぶ兎に目を移したりした。

「心なしか本堂へ出入りする兎が減ったような気がするよ」

「そうだな、確かに減ってゆくばかりだ。このままでは、野うさぎの寺にはならないではないか」

「いや、一羽でもいれば、野うさぎの寺だよ。看板どおりだ。それに、柵の中で遊んでいる兎たちは、みんな本堂の下で生まれ育った兎だよ」

役員達は嫁に指導権を握られ、かげ口ばかりが続いて歯がゆい思いを強いられていた。心配するように龍起寺は、大矢住職の本意ではない方向へと向かいつつあるように思える。しかし、嫁はそんなことは意に介さずで、どんどん自分の計画を進めた。

この寺に居を構えれば、小川村は廃村にはならない。近い将来には、二人の子供を呼び寄せ、三人で龍起寺に住むつもりでいる。入園料を徴収しており、運営だってこの収入で賄えるようになるし、少なくともその足しにはなる。役員達は、その行動を徐々に理解し始めるとかげ口も少なくなり、清掃に来る回数も当初決められたものよりも倍近い頻度に増えていた。龍起寺の運営規則によれば、寺の方向性を著しく変える場合は、総会で取り計らい半数以上の了解を得なければいけない、とある。役員達はかげ口を言うものの、この展開をまんざらでもなく受け止めていたので、嫁が押しすすめる計画を、著しく変えるもの、では無いと都合のいい判断を下し、今後も継続して応援することにした。

息子を連れ去った嫁は、こうすることが大矢住職への恩返しだと思っているのか、あるいは本来こういったことが寺の仕事よりも性に合っていると思っているかも知れない。彼女がまだ都会の大学生で学生寮にいた頃、生まれ育った自分の寺の境内の一角を潰して小動物を育て、子供達に触れさせ体験させる、子供遊園地みたいなものを開きたい、と亡き両親に提案したところ、けんもほろろに叱りつけられた、と夫である大矢住職の息子に漏らしたことがある。それを思うと、どうやら恩返しよりも自分が本来やりたかったこと、の可能性が強い。大沢総代のほか十人の役員達は、その話は聞かされていないが、活き活きした嫁の働きぶりは見ていても気持ちのいいもので、本来の龍起寺管理の仕事を逸脱していても、自主的に嫁の行動に加わっている。亡き大矢住職は、果たしてどんな思いでいるのだろうか。龍起寺先祖代々の墓地が、本堂南側の小高い場所に木立に包まれてあり、大矢住職もここに眠っている。山門から入って来る『野うさぎ』を目的に訪れた観光客達からは、大きな本堂の反対側になって見えないが、欠かさず花が添えられ小まめに供養されているのが分かる。時々ではあるが、息子が手を合わす姿も見られる。野うさぎたちは、観光客が訪れる騒がしい場所を嫌い、次第に住職の墓前のあたりに現れるようになった。役員達が言うように、山に出入りする野うさぎは減ってきているが、これも究極の選択なのか、本堂の南側方面に道順を変え出入りするようにしたようだ。大矢住職の墓前には、野うさぎたちにとって普段には食べられない、果物や葉付きニンジン等の野菜が供えられており魅力だった。嫁はそれを知っており、お供え物は野うさぎたちの好物ばかりになってしまった。大沢総代以下の役員達も知ることとなり、そういった供え物を持って訪れる。大矢岳仁住職が望んだ『野うさぎの寺』の範囲は、だいぶ狭められてはいるものの、今日も住職の墓前を通って野山へと出掛ける。野うさぎたちはいたって健在である。

動かない顎《あご》

秋の日の夕暮れ時だった。町の総合病院の三階の廊下の端から眺めるその山並みは、夕日を反射して鮮やかな色彩を見せていた。遠目にはゆるやかに見える尾根だが、歩いてみると起伏が多く、小枝を払いながらの歩みで結構苦労をする。山並みは、平地に接する辺りで一部分が突出し、小さな山脈の体を成して凡そ四㎞程の長さを、そのまま北に向けて伸びている。その先は僅かな平地が開け、ひと塊りとなった小さな民家が静かなたたずまいを見せている。近くには、県を分かつ大きな川が山あいを縫うように流れており、その流れに沿うように鉄道や道路が走っている。病院の窓からの山並みは、山と言うには低く、少々高めの丘の連なりと言っても差しつかえない。元来冒険好きであった私は、日々遠目に眺めるその山の尾根を、いつかは散策する、と言う願いを幼少の頃から胸に秘めていた。それが何故、今頃になってひょっこりと現れたのか、である。あれから、半世紀以上も時を経た現在、病を克服し家で過ごす退屈な時間と、入院時、病院の廊下の窓越に眺めた山並みの風景に触発されたと言っても過言ではない。その風景の中に、冒険好きだった幼少の私が生まれ、秘めたる願い、がにわかに芽吹いたのである。

小枝をかき分け獣道を進む。幾度か倒木に足を阻まれ、右往左往しながらの歩みだった。記憶の中の、幼い自分をたぐり寄せる私なりの探検でもある。実際に歩いてみると、当時抱いていたイメージと、自分が直面している尾根の状況は、随分とかけ離れてしまっている。それでもあえて尾根の散策を続けたのは、幼少の自分が持った『無垢な想い』とは果たしてどんな色合いなのか、その中味を探ってみたい、との思いがあったからである。だが、この度の尾根歩きは、私を更に深い懐古の念へと引きずり込み、思いもしない結果を招くこととなった。

思うようには前に進めない。ひんやりした秋の空気が首筋を流れるが、それでも小まめに額の汗を拭った。時おり、狭いながらも開けた場所が現われ、眼下に広がる景色に癒されて腰を下ろす。老体の域に入った私の身体がやっと一息入れ、さて出発、と意気込んだ時だった。黒い腐葉土の中に半分程埋まった白いものが見えた。落ち葉の下の柔らかな土を手で取り除けるとそれは骨であった。突き出た角《つの》といい、ほぼ抜け落ちてしまい、数本の歯がかろうじてくっついている大きな顎。白骨化した牛の頭骨だと分かる。よく見ると、林の斜面にも白いものが散らばって見える。土に埋まってしまい、見えない骨も在るだろう。永年に渡り自然の成すままに放置され、風雨にさらされた灰色がかった白い骨には気泡のような小さな穴が見える。随分古い骨だ。高くはない尾根とは言え、この場所に牛が一頭迷い込むなんてことは考えられない。骨が綺麗に切断され、方々に放置されていることも不思議である。なぜこの牛は、尾根つたいのこの場所まで連れて来られなければならなかったのか。おそらくこの場で殺され、解体されてしまったのだろう。

それは、半世紀以上も前のことである。私が小学校の低学年の頃の出来事として、今でも鮮明に記憶に残っている。私が立ちすくむこの尾根の裏側には、当時数家族が寄り添う小さな集落があった。板を張り付けただけの黒ずんだ粗末な造りの家が、地面に張り付くように幾棟か建っていた。道すがら、髭ずらで目じりが吊り上がった険しい顔をした男に睨みつけられ、怖い思いをした記憶が蘇る。そこには、何日も風呂に入っていないのか、板塀に劣らぬ黒く垢染みた顔をした人達が、ひっそりと住んでいた。思えば牛の解体など、あの男達なら容易なことだったろう。当時は、その集落の前を通るのさえ恐ろしく、一目散に走って通り過ぎたものだ。

ちょうどその頃、私の家では牛を飼っていた。来る日も来る日も田畑に連れて行かれ、一日中働かされた牛である。夕には粗末なうす暗い小屋の中にうずくまっていた。父親の言いつけで、餌となる草を与えるのが私の役目であった。澱《よど》を垂らし、仕方なさそうにゆっくりと口を動かした。私にもよく懐いてくれた牛であったが
「面倒な奴だ。お前など、いない方がいいぞ!」

と言って、幾度か顔面を叩いた覚えがある。父の言いつけ、への反発も含まれていたに違いない。牛は
「モ〜」

と、間延びした一声をあげると、もっと草が欲しかったのか、私の指に鼻先をこすり付けてきた。なま温かい澱が指にまとわりついた。

「草など、もう無いぞ。今日のご飯はこれでおしまいだ!」

と、言い放ったものの、私は途端にうら寂しくなり可哀想な思いでいっぱいになった。温かな牛の体温を指先に憶えると、余計に我が家で飼われているこの牛が不憫《ふびん》に思われる。しかし、幼い私がどうしてやれることでもなかった。代々農業で生計を立てた我が家では、重労働の大部分をこの牛に負うことが多かったのだ。ところが、ある日学校から帰ると牛の姿が消えていた。牛小屋はもぬけの空である。私は、そのまま小屋の前でへたり込んでしまった。

顔面を叩いたり、酷い言葉をかけた自分が情けなくなり、希望がスーッと抜けるのが分か

った。牛の世話が日課となり、気付かぬうちに生き甲斐になっていたのだろう。それなのに
「やはりな、うちが嫌になったんだ。僕のことも嫌になったんだ。そうだろう？」
と、ひねくれた思いを口にしながらも、心配でたまらなかった。その日私は、一目散に田畑を駆け巡り、隠れていそうな物陰をひとつひとつ小まめに探しまわった。夕方になっても見当たらない。家族は、牛がいなくなっても何食わぬ顔で夕食をとっている。突然、主が消えた牛小屋には、何度覗いてみても空虚な思いをさせられたものである。二日目になって、夕食時に父に尋ねたところ
「売りに出した」
と、言った。あっけないそのひと言は、私の理解の域をはるかに超えていた。その頃、農家には耕耘機《こううんき》と言う、田畑を耕す動力付きの農機具が出回り始めていた。ハンドルをあてがい、腕の力で勢いよく回すとその余力でエンジンが始動する。歩きながら操作する機械で、現在のようにトラクターが主流となる前はこれが一般的だった。時の流れなのだろう、我家にも牛がいなくなってしばらくすると、真新しい耕耘機が入って来た。牛よりは力もあり、使い勝手が格段に良かった。しかし、我が家のためによく働いてくれたあの牛は一体どこへ売られてしまったのか？　売られた、はいいけれど、その後一体どうしているのだろうか？　その思いは、わだかまりとなり、やがてひとつの塊となったまま、私が成年になってからもず

っと胸の底に残った。忘れ去ってしまうことはなく、幼少時代を思い起こす度にひょっこりと浮かび上がってきたものである。

この度私は、幼少の時に持った、尾根つたいを探索する願望、を実行に移しその途中でたまたまこの場に散乱する骨を前に佇んでいる。私の思いは『売りに出した』と言う、父の口から出た遠い日の重いひと言に凝縮されていた。散乱した骨との出会いは、永年心の底に沈んでいたわだかまりを思い起こさせ、にわかに解決の糸口へと結びつけた。それは、あとになって祖父が、私をおもんぱかるばかりに耳元で囁くように言った

「なぁ、和夫。家の牛は、歳をとったからな、思うように働けなくなったのだよ。山向こうに買ってもらったのさ、仕方なかったんだよ」

である。あの時の、祖父の口元が、ぽつりぽつりと動くのがよみがえり、確信に変わったのだ。山向こうとは、黒い板塀の集落のことである。

当時は

「あの集落で生きているのだろうか？　いや、そんな筈はない。よりによって僕の牛が、あの集落で飼われているなんてあり得ない。嘘だ、嘘に決まってる。又、どこかへ売られてしまったに違いない。どこかでまだ生きているのだ」

と、永らく葛藤を続けたものである。

「でも、働けなくなった牛を買うような人がいるだろうか？」

日が経つにつれ、この思いがさらに私を苦しめるようになった。どの可能性を描いてみても闇のままで終わり、結果は得られなかった。年月は、ポッカリと開いたままの心の隙間を徐々に塞ぎ始め、私のことを気に掛けて祖父が口にした『仕方なかった』のひと言さえも、記憶の底へ閉じ込めてしまったのである。


あれ以来、骨だけがずっとこの場に放置されていたのだ。信じたくはなかったが、散乱した骨との対面により、私の
「その後、どうしているのだろうか？」

と言う、永年胸に秘めたほのかな思いは、あっけなく結果を見た。我が家の重労働の大部分を担った後、あの集落の者達のご馳走となって至福の悦びを与えた。さらには、我が家の農作業の近代化のために、耕耘機を購入する資金の一部にあてがわれる結果となった。行く先すべてで役に立っている。

「働きもので、家族を助けてくれた牛だったのに」

私が刈り取った草を、涎《よだれ》を垂らしながらもぐもぐと食べたあの力強い顎《あご》はもう動かない。

灰色じみた白い骨のかけらとなってそこに転がっている。私は、しばらくはその場所から離れられないでいた。

「あれからどれだけ時が経っただろうね。本当に久しぶりだ。あの頃の私をまだ憶えているかい？」

と、当時を思い起こしながら、私は動かない顎に話しかけた。

「随分歳を重ねた私だけれど、面影残っているかな？　あの時は、お前の頬っぺたを叩いたり、酷い言葉をかけたけれど覚えているかい？」

祖父母はもとより、私の両親もとうの昔に亡くなった。牛が売られたあの集落も、いつの間にか拡幅された道路の下になり跡形もない。あの者達の行く先など、知る余地もなかった。辺りは発展し、すっかり変貌を遂げている。山並みの平地に接する低い所では、部分的ではあるが土が削られ、瀟洒《しょうしゃ》な家が規則正しく並んで建っている。しかし、尾根はあの頃のままで、まだ雑木に覆われて獣道が存在する。枯れ葉が埋まる足元から、記憶が走り始めた。

「安心しな、安住の地としてはここが一番いい所だよ」

動かない顎は、何も語らない。

「随分時が経ってしまったけれど、君が我が家に居てくれてた頃に戻りたいね。あの頃は良かった。僕の前で草を食べてくれたのが懐かしい」

時折、心地良い秋風が舞い、新しい落ち葉を運んで来る。

「今度生まれて来る時は、お前と一緒だよ。どのくらい先になるのだろうね。きっとその時は来る。そうしたら、もっと、もっと長い間一緒に暮らせるよう祈ろう。このままでは、余りにもお前が可哀想だものね。次は、お前が僕になっているかも知れないし、僕がお前になって生まれてくるかも知れないよ」

秋の夕日が落ちるのは早い。昼間の勢いを失いかけた太陽は、町並みの稜線にかかる雲の合間にかろうじて明るさを見せている。

「どちらがどう生まれてきたってかまわないさ。だけど、親父と僕が入れ替わらないといけないな。君か僕かがさ、どちらかが生れてくるのを少しばかりずらして、共に同じ時代を生きられるようにしなければいけない。今回は、君が少々早かったのか僕が遅かったのか、どちらかだね。つまり、君との出会いには、ほんのちょっとだけ掛け違いがあったのだ。僕がこの家の当主であること。僕が親父なら、君を売り飛ばすなんてことはしないからな。あの小屋で君の生涯を見届けてやれる。今度生まれてくる時は、しっかりと手を取り合って生まれてこよう。君が、僕となってこの世に生まれてきても、僕を売り飛ばすなんてことはしないでくれよ」

幼少の胸に抱いた冒険心が、思わぬ再会の場を用意してくれた。消えそうになっていた

『幻の私』が鮮明な姿で動き始めたのだ。もし因縁があって、もう一度生まれることができたら、この牛の傍で生き、草を与えるのどかな暮らしをしていたい。地表に浮き出た白い骨を落ち葉で埋めながら、過ぎ去った遠い日に想いを偲ばせた。帰路に付いた頃、あたりは既に暗くなり始めていた。尾根のせいぜい半分も歩かない場所で、幼少の自分との約束は終わりを遂げた。残りの半分以上は、歩かないと決めた。いつもは遠目に眺めていた緩やかな尾根だったが、気軽に足を踏み入れられない神聖な場所となったからだ。この日からはその一点だけを凝視することになった。

後日私は、病院の三階の廊下の端から眺めたこの山並みが忘れられず、入院患者を見舞うふりをしてこっそり潜入した。木々の色づきは幾らか色あせてはいたが、麓から尾根に至るまで、私が入院していた頃と変わらぬ表情で迎えてくれた。安堵と共に、あの頃の病室の生活にも懐かしさが込み上げてくる。場所を変えて眺めても、やはり視点を置く位置は決まっていた。動かない顎が眠るその一点だ。私は、幾度か病院へ入り込んで、勝手に三階の廊下の端に佇み、尾根の稜線を辿っては思いを巡らせた。動かない顎との会話は、まだ褪せてはいない。それどころか、ますます郷愁にも似た感慨に耽るのだ。

誰の許可も得ず、勝手に病院の三階へ上がるのにはすっかり慣れてしまっていた。気配りもしないままで、何度潜入しただろうか。三度四度ばかりではなかった。すると、何回目の時かは分からないが後方で声がするのに気がついた。声は、私のすぐ後まで来ると
「お見舞いですか？」
と、女性の声が私に問いかけているようだ。
「部屋をお探しなら、受付までどうぞ」
と、かん高い声に変わり、私の耳元で何度も同じことを言った。私には、なぜかその口調が懐かしく聞こえた。子供の頃に耳にした、遠くから響いてくる村の祭囃子のように心地よく伝わったのだ。動かない顎、となった私の相棒も、この音色を耳にしたはずである。女性は、訝しそうな目で私を覗きこむと
「受付まで一緒に行きましょう」
と、誘いかけるように言ったが、私の心はここには存在していなかった。無表情のままで、取り憑かれたように尾根の一点に注がれていた。誰の立ち入りも許さない、動かない顎との硬い絆が存在していたのだ。しばらくすると、先ほどの女性が警備員らしき屈強な男を連れて近寄って来た。警備員は、何かを口ごもると太い腕を私の肩に乗せた。その手は、私の腕を握ると
「一緒に行きましょう」

言うが早いか、力ずくで私を引っ張った。

エレベーターを降りると、玄関の方で警官が二人立ってこちらを睨みつけているのが見える。

それでも私は、動かない顎と共に暮らした、遠い日の余韻から醒めやらないでいたのである。

黒いかけら

町の警察署の玄関を出ると、吉田万蔵は大きく背伸びをし、眩しそうに八月の空を見上げた。そのまま人通りの多い道に出ると、最寄りのバス停へと進んだ。重くて気だるい足取りは、七十歳を超えたばかりの万蔵の姿をさらに老け込ませて見せている。

「今さら呼び出されたのはなぜだろう？　保険金の受け取りは終わった。もう何もかも済んだ筈なのに……刑事は、参考までにと言っていたな、あまり気にしないことにしよう。その方がいい」

自分に言い聞かせてはみるものの、やはり拭いきれない不安は残る。

万蔵は、刑事の聴取を受けて、複雑な気持ちを整理しながら帰途に就いた。

先程の押し問答が、バスに揺られている間もずっと万蔵の胸を去来する。

通された部屋に茶を出されしばらく待っていると、顔見知りの刑事が若い刑事を連れて入って来た。

「吉田万蔵さんですね。久しぶりです、近藤です。今日は、ご足労を願いました」

万蔵は
「はい、そうです」

と、だけ返した。

目の前に現われた、近藤と名乗る刑事とは顔見知りであった。万蔵の自宅が火災にあった時、現場へ二輪車に乗って現われ、何度か話したことがある。

「この度の、家を焼失された件ですが」

と、言って続けた。

「実は、林の中でも黒焦げになった焼き芋が捨てられているのが見つかりました。むやみにあちらこちらに転がっているような物でもありませんしね。火災の後、あなたの庭で見かけた焼き芋と同じではないかとの問い合わせがありまして、もう一度お尋ねすることとなりました。あなたの住まいだった庭には、保存用のさつま芋が埋めてありました。それはそれでいいんですが、一体どう言うことでしょうか。ご自身が所有するあの林の中でも芋を焼いたのですか？」

「確かに私が、林の中で猿たちに焼き芋を与えました。私も一緒になって食べましたよ。保存用と言っても、あれだけ沢山のさつま芋、私一人でどれだけ食べられますか。孫がいる息子家族にもくれてやったりしましたが、そのうちに息子の嫁がいい顔をしなくなりました。珍しい物でもないし、食べると言ってもたかが知れていますよ。腐ってしまい、毎年肥料代わりとして畑に捨てる方が多いです。だから、猿たちに与えても少しも惜しくはないです。いつも家の庭で焼いて林まで運びました。その場では一度も火を燃してはいませんよ。食べ残しを捨てたのは、申し訳ありませんでした。いずれ土に還るだろうと、そう思っていました」

「いや、そのことではありませんよ。今日ここへ来ていただいたのは、庭で猿たちに焼き芋を与えるのはいいのですが、林の中に持ち込んでまで与えたのは、なぜですか？　現場に残っていた量からして、二度や三度ではありませんよね。何回も足を運ばれていますね。万蔵さんが動物好きなのはよく分かりますが、どうもそれだけの理由ではなさそうですね。どうですか？　一体何の目的で、ご丁寧に焼いてまで与えたのですか？　どうせ猿が食べるのだから生のままでもよかったのではないですか？　お尋ねしたかったのです」

吉田万蔵が答える。

「あの林の麓には私の畑がありまして、毎年猿たちには散々な目に遭っておりました。だから、畑に下りてこないよう美味しい物を与えようと、わざわざ焼いた芋を与えたのです。申し上げた通り、私も一緒になって食べました。どうせ猿が食べる物だと思い、いい加減な焼き方をしたので黒焦げになった部分もあったでしょう、それを捨てたのです」

それ迄、横からじっと睨め付けるように万蔵を見ていた若い刑事が口を開けた。

「それで、効果はありましたか？」

「ありました、大ありです。しかし、土の中に埋まった芋はどうにか掘られずにすみましたが、地表に出た野菜は散々でした。皮肉なものですね刑事さん。焼き芋のおかげで、猿たちに荒らされずに沢山収穫できたさつま芋ですが、結局はこうして食べさせることになりました。本当に助かりましたね。ですが刑事さん、私も歳を取りいつまでも畑を続けられなくなりました。一人で身の回りも大変なので、息子の家を行ったり来たり繰り返していました。息子の家族と同居するまでになっていたのです。家は放っておけば傷むばかりで、草を刈ったり、伸びた枝を払ったり、雨戸を開けて部屋の空気を入れ替えたりしに来ていました。その頃には、すでに我が家の庭でも猿たちを見かけるようになっていました。庭には柿の木がありまして、その実を目当てに毎年来ていました。実が熟す頃になると猿ばかりではなく鳥もやって来るんです。そうなるともう、やりたい放題ですわ。だけど、よく見てると可愛いもんですね。追い払ってもすぐに又やって来る。生きるために必死だってことですよ。けなげなものです」

「それはまぁ、確かに……。すると、この頃からですか、庭で芋を焼き、林まで持って行き猿たちに与えたのは」

「そうです。秋から冬にかけて柿の実が無くなる頃、やはり山でも食べ物が乏しくなるのでしょうね。畑の作物を荒らすのです。だから、運んでは与えました。焼き芋は、猿にも与え私も食べて、焦げた部分はそのまま捨てました。だから林の中にあった物と、庭で私が捨てた焼き芋とは同じ物です。丸ごと炭になってしまった芋も混じっています」

近藤刑事は、畑を荒らされないためとは言え、わざわざ芋を焼いて与えるとは随分と手の込んだことをしたものだと、その時には疑ってみたりもしたが、日が経つにつれ、これも畑を守るために万蔵が選んだひとつの方法だったのか、と思うようになった。結局この一連の行動には、特に疑義は見当たらない、とされた。しかし万蔵には、この度呼び出されたことがどうも腑に落ちなかった。林の中で見つかった芋の焦げたかけらと、庭で見た物とが同一ではないかと疑問を抱くのは、今回の火災の捜査に関与した者でなければいけない。そうでなければ、わざわざ警察へ持ち込む必要などないのだ。一体誰が、と言う思いが気分を落ち着かせない。あの林に用がある者など、そもそも思いつかなかった。夜、寝床に入ってもなかなか寝付かれず、何度も寝返りを打った。

万蔵を苦しませた悩みの発端は、ささいなことだった。今回の火災の件を担当した保険会社の社員の妻が、パートとして勤める先で、新しく（野山を歩く会）なる同好会が発足した。

健康的でもあり、妻はいたく気に入って他の会員達と一緒に積極的にあちらこちらを歩いた。妻は、これと言った趣味も持たず、休日にはいつも手持ち無沙汰な夫を見かね、二人で歩くことを提案したのだ。あまり気乗りしなかったが、しつこく誘う妻に根負けし、歩いてみることにした。妻は、慣れたもので多少の傾斜でもさっさと歩くが、夫の方はそうはいかなかった。一回目、二回目と、回を重ねる毎に妻は次第に行動範囲を広げていった。そして林がコースに入ったのだ。夫のことなど気に掛けていられないとばかりに先を歩く妻に閉口し、林の隅の切り株に腰を据えた。ため息混じりの荒い呼吸で息を整えていると、足元に転がる見覚えのある黒いかけらを見つけた。

「さて、これと同じ物をみた記憶がある。なぜ、こんな所にもあるのだろう？　炭のように黒く焦げたさつま芋のかけらだ」

夫は、それがこの林にも転がっていることが理解できず、念のためにと警察に一報したのだった。万蔵は、このいきさつを知る由もなく、署へ呼び出されて事情を問われた。しばらくは苦悩続きで窮屈な思いをしたものだった。幸いなことにあれ以来、警察や保険会社からは何の問い合わせもなく、次第に不安から解放されていった。出火原因の調査では、猿の生態など誰の眼中にもなかった。この集団は、単に畑を荒らす困りもので、それを防ぐために万蔵が与える焼き芋を、喜んで食べる動物の存在に過ぎなかったのだ。

警察、消防の調査によれば、火元は母屋の中であり、二階へ上がる階段の付近が一番よく燃えていた。しかし、そこには火の気は見当たらない。幸い建て込んだ町中ではなく、農家の一軒家だったので延焼はまぬかれたものの、母屋は黒焦げのままで突っ立つ柱を残し、あとは無残にも燃え落ちてしまった。気分が落ち着くと、万蔵は今迄のできごとを振り返ってみた。余裕を取り戻し、思い起こせばスクリーンのように、勝手に場面が現れては消えて行く。時にはそのひとこまひとこまを、慎重に確かめる目つきで木のこずえをじっと見据えることもあった。

万蔵の家の庭では、今年も柿が沢山実を付けた。実を食べ尽し、猿たちが山へ引っ込んでしまうと万蔵は、自分の畑のすぐ上手に広がる林に来て、焼き芋を与えるようになった。山裾の緩やかに広がる林の、少しばかり開けた場所で、歳のせいもあり最近ではあまり見かけなくなったが、それでも、週に二度三度はひょっこりと姿を見せることがある。真っ黒に焦げたさつま芋を、猿たちは上手に割って黄色い中身を美味しそうに食べた。庭の柿の実の時と同様に、林でも食べ物の取り合いで喧嘩をしたりする。この猿の集団は、毎年柿の実が熟す頃、万蔵の庭へやってきては暴れ回る集団だった。大きな猿に追い回され、実を取り上げられてしまう正統派もいれば、あらかじめ逃げ道を調べておいて、さっさと洞の中へ逃げ込み姿を隠す抜け目のない猿もいる。

万蔵は、人の世にも似た猿たちの仕草を眺めて楽しんでいた。林の中での行動は、庭で柿の実を奪い合うそれと全く同じであった。違うのは、柿の実が焦げた焼き芋に変わっただけである。万蔵は平たい石に腰を下ろし、いつまでもその行動を眺めていた。取られまいと必死に逃げまどう。無事逃げきって食べるもの、逃げる途中で諦めてしまい投げ捨ててしまうものもいる。猿たちの必死な生き様を眺めるのは面白かったが、万蔵の表情にはそれとは違う、興味だけでは窺い知れない、険しい眼差しが垣間見られた。はた目には、独居老人の息抜きに映るだろう。無造作に焼かれたさつま芋は、芯まで火が通っていない物や、ほとんど芯まで焦げてしまい捨てられる物も多かった。さすがの猿たちも、焦げた部分は食べられず、あたりかまわず投げ捨てたのだ。こうして焦げた焼き芋は、黒い塊となって散乱し、林の中に残る事となった。黒く割れた部分には小さな、息を吹きかければ消えてしまいそうな火種が残るものもあった。猿たちは、まだ熱さが残る焼き芋を、両手で持ち換えながら美味しそうに食べている。幾日も続けるうちにこの林の猿たちは、次第に万蔵を知るようになり、万蔵もこの群れの行動から何かのヒントを得た。

やがて万蔵は、林から徐々に我家へと猿の群れを導いていった。焼き芋を与える場所を少しずつずらすだけのことだ。万蔵の家は集落から離れた一軒家だったので、この行為は誰の目にも留まらなかった。最近では、町に住む息子夫婦の元で世話になったりしている。そのことが、余計に近所との付き合いを疎遠にしていたかも知れない。農家のこの家には、万蔵が独りで住んで居たが、火災当日の夜は息子の家に泊まっていて無事だった。黒く焼け残った柱や、燃え落ちた屋根が無残な恰好で地面に残されていたが、しばらくすると支払われた保険金を使ったのか、跡地はさっぱりと整理され更地となった。万蔵は、火災に遭う前までは、決まってすることがあった。家のまわりの雑草や雑木の手入れ、枯れ木や廃材を燃やしたりすることだ。ここで芋を焼き、林まで運んだのだ。いつも決められたように庭の中ほどで焚き、終われば

「このバケツで水をかけ、いつも火の始末には気を付けていました」

と、事情を問われた時こう述べ、バケツを手に取って見せた。

農家の一軒家であれば、家の管理のために雑草を刈り込んだり廃材を燃やし、その火でさつま芋を焼くことくらいはごく普通の作業である。たき火が元で延焼するならば、母屋より近くに建つ農作業小屋が最初に焼け落ちなければならないのに、小屋は焦げてもいなかった。火災当日の夜は、風も無く穏やかな天気だった。万蔵が居間として使っていた二階への階段の側の部屋あたりが火元とされた。一番良く燃えている。近所からの飛び火の可能性も視野に入れ検証されたが、すぐに行き詰まってしまった。保険会社や警察、消防署が何度か現場

にやって来たが原因は判然としないままに終わった。黒いかけらは家の中からは見つからず、庭のたき火の跡の回りに見かけられる程度であった。しかもその大部分は、消防士達に踏まれ土に混在してしまっていた。猿たちは、わずかな隙間からでも勝手に母屋の中へ入り込めた筈である。母屋の中に散らばった焦げた芋は、万蔵が几帳面につまんでは庭へ運び出して土に埋めたりした。建屋の中に転がっていたのでは困るからである。万蔵のこうした行為が功を奏したのか、この度の火災は、たき火や焦げた芋には因果関係は無い、との関係先の判断であった。

猿たちは、好き勝手に家の中を走り回るようになっていた。柿の実が無くなり、万蔵が林の中の開けた場所で、群れに焼き芋を与え始めた頃から半年が経過していた。

畑では、春の野菜が食べ頃に育っていたが、独り住まいの万蔵には欲がないのか、穫り入れることもせず放置したままだった。

さらに万蔵が署で述べた、林で与えた焼き芋の効果などとはその場しのぎで、実のところ、畑では猿の害など全く見受けられなかった。だが、暖かなある日の夕方、万蔵は棒切れを持って畑に向かうと、足で踏みつけたり棒切れで叩いたりして、発育途中の野菜まで台無しにしてしまった。息子の家にやっかいになり始め、毎日とまではできなかったが、万蔵の〝誘い〃につられ猿たちは、山から下がって来たのだ。野山の木の実も食べたりしたが、黒焦げの芋であっても割れば中にはご馳走が詰まっている。今では柿の実は無くても、万蔵が焼き芋を用意していてくれる。とうとう万蔵の家までたどり着いたのだ。夜が明けると山から下りて来て、様子を伺いながら万蔵の家の回りで遊ぶ。夕方になると山のねぐらへと帰って行く。十五匹程の家族なのだろうか、普段誰もいないことを知ると、この家を棲みかにするようになった。万蔵が家に居る日には、申し合わせたように山に帰って行く。そして又、やって来るのであった。この繰り返しは、万蔵が思い描いた通りだった。最初は、頑強な猿が用心深くこの家で寝て、安全だと分かると全体でここへ移動して来た。柿の木の枝づたいに、母屋の屋根へ移動する。傷んだ土壁の小さな隙間から屋根裏部屋へ侵入したりする。猿の家族の、傍若無人な冒険が始まった。時には万蔵とバッタリ出会うこともある。しかし、猿の存在を知っても、万蔵は追い返そうとはしなかった。猿たちも、あの時の老人だと認識している。逃げ出す素振さえ見せなくなった。よくしたもので人と接する要領を憶えると、人が訪ねて来たり、万蔵が在宅する時は極めて大人しく振る舞う。軒下や物置小屋の付近に固まりじっとしていた。雨にあたらないし温かい。柿の実は、とっくに終わってしまっているが、生のままとは言え、収穫し終えたさつま芋が保存用の穴に埋めてある。それにも増して、万蔵が用意する焼いた芋の味は格別であった。

時々だったが町内の者が、回覧板を持って万蔵宅を訪れる。その度に、庭でもの憂げに訪問者に視線を向ける猿たちを見かけたが、危害を加える様子もなく、あえてとやかく言う者もいなかった。家の住人が追い払わなければやって来る。他人が、気にする必要もなかった。まだ息子の家への転居届けが出されてなかったので、老人世帯を見舞うために、地区の民生委員が訪れたりもする。万蔵とは会えたり会えなかったりの結果だったが、会えれば元気な姿を確認し、月並みな挨拶を交わし、二言三言愛想話をして帰って行く。息子の家族が来たりもした。あまり良い顔をしなかったが、嫁はあからさまに嫌な表情を見せた。しかし、小学校と幼稚園へ通う子供が無邪気に喜ぶ姿を見て追い払うことを止めた。五月に入ったばかりの日で、春とは言えまだ肌寒い満天の星が輝く夜半過ぎのこと、火災はそんなごくありふれた日常の生活の中で発生した。万蔵は昼過ぎに家に来て芋を焼いた。猿たちのためにも多めに焼き、灰で覆って残しておく。いつもすることであった。

「バケツに水を汲み傍らに置いている。帰る時は、いつもその水で火を消し、確かめてから帰った」

と、証言しているが、実際は火を消すことはしなかった。消さなかった理由は

「猿たちが、夜中でも温かく食べられるように」

との配慮だった、となるがそれは、火を消さなかった行為を正当化し、自分自身を納得させ

るものだった。動物好きな万蔵の胸の内には、抵抗なく収まった。その夜、大部分の猿は、いつもするように夫々に決めた寝場所で寝入っていた。腹を空かしたのか、一匹の若い猿がたき火の元へやって来ると灰の中を探り始めた。まだ暖かい黒焦げになった芋を手に取ると、ゆっくり食べようと自分の定位置と決めていた柿の木の下までやって来た。すると、そこへ別の猿が横取りしようと思ったのか、若い猿に迫って来た。林の中で万蔵が目を凝らして観ていた光景がここでも起きていたのだ。腹を空かせた若い猿はにらみ合った末、一瞬の隙を見て柿の枝つたいに屋根まで上がると、二階の垂木と土壁とのわずかなすき間から部屋に逃げ込んだ。追う猿は、そこであっさりと諦めてしまった。奪おうと思いきや、芋を持って動き回る猿に睡眠の邪魔をされ、少しだけカッとなっただけかも知れない。執拗には追いかけては来なかった。一方追いかけられた若い猿は、二階の物置となっている広い部屋を走り、一階へ降りる階段の所まで来ると、一旦そこで止まり後方を確認した。その時、初めて気の緩みを憶えたのか、胸元に抱えた大事な芋を落としてしまったのだ。炭のように硬く焦げた芋は、一階の床に落ちるとその弾みで二つに割れた。中芯まではまだ焦げておらず、食欲をそそる黄色い身が僅かに見える。炭の部分には、まだ赤い点が見えていた。かけらはコロコロと転がり、万蔵が風呂上りに使う乾いたタオルや、散乱している新聞紙の上にも火の粉を落とし、土間の縁の下まで転がり落ちて止まった。弱々しい赤い点は、時々流れるすき間風を受けると生き返ったように闇の中で光った。町はずれに建つ消防署の夜勤の者が発見者だった。縁の下で止まった二個の黒いかけらは、崩れ落ちた廃材や、消火のための放水で流れ出た灰の下に埋もれたままとなった。庭のたき火の跡は、消火活動の放水を被り、万蔵が予期したとおりとなった。

庭の中程にたき火の跡が残り、その先のどこまでが庭なのかよく分からない。畑との境界付近に、前の年に収穫した芋を保存するための穴が掘られていた。埋められたさつま芋は、火災が発生する前には、猿たちに掘られ、大部分は生の状態で食べられてしまっていた。残りを万蔵が小まめに取り出し、焼いて猿たちに与えたのだろう。あと少しの間だった。さつま芋さえ無くなっていれば、火災など起きなかったのだ。猿たちは、山の何処かで元気に跳び回っていたに違いない。この件で近藤刑事は、当時では抱かなかった新たな疑念を持つようになっていた。今でもわだかまりとなって消えないでいる。

「畑が荒らされるのを防ぐために、焼いた芋を林の中に居る猿たちに与えた」

と、万蔵は言った。『荒らされた』とされる畑を検分したが、思えば何となく不自然な荒れ方だった気もするのだ。動物たちが『食い散らした跡』にしては、微妙に違和感を覚えたものである。人の手が加えられたような、だったが、その時は

「ひどく荒らされているな、野生の猿のすることだ。ま、こんなものなのだろう」で、済ませてしまった。作物の生育状況から見ても、あまり丹精が込められた畑ではなかった。それは、素人の目にも分かった。

「焼き芋を運んでまでしなくても、網で囲ってしまえばそれで済むことではないか」

確かに、近藤刑事の思うところであった。吉田万蔵は、火災が発生する一年前には、毎年家の付近へやって来る猿たちを眺め、その習性を知った。晩秋を迎える頃には、庭の柿の木にたわわに実った実も食べ尽されてしまう。自分も食べ、猿たちも食べるのだ。保存用のさつま芋も、この頃は、猿たちに掘り起こされないように万蔵が、しっかりと土をかぶせていた。猿たちは、山へ入ってしまった。万蔵の家には、もう用は無い。しかし、万蔵はそれでは困るのだ。一旦山へ行ってしまった猿の群れを、もう一度家に戻さなければいけない。考え抜いた結果、万蔵は焼き芋で猿たちをおびき寄せることにした。まず、手始めに山裾に広がる林に、芋を置いた。林の下に、万蔵の畑があったのは、全くの偶然であり、この時点では『猿の群団に畑を荒らされる』なんて咄嗟の作り話は、思いもしなかった。おのずと林に集まるようになり、さて、これから徐々に家まで連れて来なければいけない。

半年かけて猿の群団は万蔵の家まで移動し、棲み着くことになった。今迄以上に、万蔵とは顔見知りになった。柿の実が無くても、美味しい焼き芋がある。それに、保存用の芋も、どっさりと穴の中に入っている。以前とは違い、今では僅かに土がかぶせられているだけで、訳なく取り出せた。猿たちが、どんな悪さをしても、決して万蔵は怒らなかった。

解決済と思われたこの火災事件も『ある者の通報』で、所轄の署に呼び出され事情を聞かれた。すぐに帰されたが、捜査員に腹の底を探られているようでいい気はしなかった。一連の万蔵の行為は、田舎住まいの老人だったらごく普通にすることだ。万蔵の言動から推察する分には、火災の発生に対して悪意は無い、とされた。運悪く、と言うことになる。しかし、しばらく寝付きの悪い夜を過ごさなければならなかった。その要因は、万蔵自信が腹の底に『かけら』にはまだ火種を残したものもあり、家の中のかけらは全部拾って捨てた、そのひと言を秘めていたからであった。

二年後、定年を迎えた近藤刑事は再任用となり、そのまま現在の署へ継続して勤務していた。その日は非番で朝から家でゴロゴロして過ごした。女房に世話をやかれ、僅かばかりの庭の草をむしり終えると、手元のラジオが正午の時報を知らせた。昼食を執りながら、女房が箸を握ったままテレビのスイッチを入れる。どこか、山沿いの村らしき映像が出てきた。地元の猟友会のメンバーが、猪の害にたまりかねた農家の依頼を受けて集まっているようだ。これから山に入る段取りをしている。次に、網で覆われた畑が映った。今度は、話題が猿の害に移ったらしい。インタビューを受けて農夫が答えている。

「猿は賢いからな。網を張り巡らせ、絶対入れないようにしておいてもさ、何処か見つけて畑に入って来るんだよな。破られないように金網で覆っても、土を掘って潜り込んでくる。食べ物が目の前にあれば、どんな工夫をしてでも入ってくるよ」

と、言いながらその農夫は、畑で猿が食い散らした残り物を拾い集めていた。

画面は、被害の状況を克明に映し出していた。近藤刑事は
「猿の被害とはねぇ、この種の苦情は何処にでもあるものだな」

と、独り言を言いつつ、自分もかかって携わったことを思い出していた。そして、画面に映し出された畑の状況を目にすると、いきなり
「うッ」

と、唸りにも似た声を出し、思わず箸を休めた。自分が検分した時の、万蔵の畑とは明らかな違いが見て取れた。それに、先ほど農夫が言った
「工夫して入ってくる。なんとしてでも入ってくるよ」

これだ、と思った。

「隙間の多い田舎の家だ。万蔵は、毎日そこに居て猿を叱った訳ではない。むしろ、息子の家に泊まって、留守の方が多かったではないか。どうしてこのことに気付かなかったのだ。

猿は、家の中に勝手に出入りしていたに違いない。食べ残しが家の中にも転がっていて当たり前だろう。むしろ、見当たらなかったのが不自然ではないか」

途端に箸を投げ捨て考え込んでしまった夫に、女房は「いつものことだ」とばかりに一瞥をくれただけで何食わぬ顔で食べ続けている。

「林の中で焼き芋を与えたのは、その一団を家に呼び寄せるためだったのではないか。無造作に焼いたと言ったが、炭の部分に火種が残っていないと意味がないのである。そう言えば、むやみに焦げた芋が目についたのも納得出来る。餌の奪い合いで家の中へ逃げ込み、中身を美味しそうに食べるのは充分に考えられる。焦げたかけらが家の中で見当たらなかったのはやはり不思議だ。火事など、猿には関係のないことだ。火種を抱えたまま、家の中を思う存分に駆け回った筈だ。何回も繰り返しているうちに、とうとう猿たちは万蔵の思いを叶えたのだ」

近藤刑事は、食事を残したまま部屋にこもった。

偶然とは思えない、計画された筋道が敷かれていたように思えてならなかった。

猿が持ち込んだとは言え、家の中に黒焦げになったさつま芋が散乱しておれば、当然火災の発生が想定できる。放っておけば、家の持ち主として重大な過失となり得る。さらに、保険金を得るための、結果を期待しての一連の行為だったとすれば、万蔵が猿を使って故意に火災を発生させたことになる。拭いきれない闇の空間が近藤刑事の胸に広がった。現に万蔵宅を訪れた者達が、庭や小屋にたむろする猿たちの存在を目撃していた。真実を知りたいと思った。すべては、万蔵の腹の中に治まっている。正直に吐き出してくれればと願った。

近藤刑事は次の非番の日、万蔵が移り住んだと言う息子夫婦の家の前に立った。玄関に付いたブザーを押しても応答が無い。どうやら掃除機を使っているらしい。奥の部屋からは、テレビからのかすかな会話も聞こえてくる。庭へ回り、廊下のガラス戸をとんとんと叩いてみた。するとやっと訪問客を認識したらしく、スイッチを切って中年の女性がこちらへ歩み寄って来た。戸を開け

「どちらさん？」

と、無愛想に聞いてきた。

「私、近藤と言う者です。吉田万蔵さんのお宅ですよね。以前何かとお世話になった者です。近くに所用がありまして、久し振りにお会い出来たらと思い、突然ですが寄らせてもらいました」

仕事ではないので、手帳は出さない。義父の知り合いだったとなれば邪険にも出来ないと思ったのか、嫁は玄関を開け中へ招じ入れた。

「義父《ちち》は亡くなりました。先月一周忌を済ませたばかりです」

近藤が手土産を差し出すと、今度は奥から座布団を出してくれた。望みが絶たれ、どうして良いものか迷いながら
「突然のことでしたね」

やっと、悔やみにもならない言葉をかけた。

「田舎に家がある頃は、生き甲斐のように通ったものですが、家がなくなってからは、こちらでのんびりしていました。家の手入れもいいけれど、あれ程ちょくちょく通って一体何をするのかな、と思ったりもしましたよ。永年住み慣れた場所が良かったんでしょうね、時々ぼんやりと空を見あげる時もありました。子供達も忙しくてね。爺ちゃんと遊んでばかりさせられませんでしょう。やっぱり人間、いくら元気でも生き甲斐をなくしたら駄目ですね。火災のあと、どこにも行く所がなくなると、にわかに衰えました。自分の居場所がなかったんですかね。本当に早かったです」

嫁は、悪びれる様子もなくあっけらかんと喋った。すべてが終わった。真実は分からずじまいだ。もう、この場に立つ必要などなかった。保険金と言うまとまった金銭が入り、そのお金を後ろ盾に息子の家でも何の遠慮もせず、余生を全うできる筈だったが、思い通りにはならなかった。孤独には勝てなかったのだろう。寂しさを残したまま、万蔵はこの世を去った。焼け跡には草が生い茂っている。後日近藤は、殺風景に広がるその場所に佇んで、当時

を思い起こしてみた。炭は腐らずに残っているだろうが、今さら地面を掘り起こし、克明に調べる気などなかった。猿たちも、あれから一度も姿を見せたことがない。食べ物が無くなった場所など、何の用もないのだ。保険金が絡んだ火災事故は、表向きには終わったが、近藤の胸にはわだかまりが残ったままとなった。

警察署の若手を集めての席で、近藤はいつも自分の経験を話した。特に、仕事を終えて飲み会の席では

「自慢じゃないけれどな……」

この言葉で始まる内容は、度々聞かされていたので誰もが知っていた。だから、居合わせた一人が

「そりゃ、確かに自慢にはなりませんでしょう。お猿さんの喧嘩でしょう」

と言って、座を和ませた。申し合わせたように、他の者が続ける。

「おむすびころりん、じゃなかったですね。焼き芋ころりんでした」

その言葉が出ると嬉しかった。近藤は、待ってましたとばかりに饒舌に話し始めた。冒頭で黒いかけらの件に触れ、その言葉を返されると、本題がいくら難しい事例であっても割とスムーズに入ってゆくことができたのだ。

おわりに

二年ほど前までは、我が家の近くには竹藪があり、昆虫たちが好みそうな樹木が何本もありました。夏の夜には、家の明かりを求めてカブト虫や、クワガタがよく飛んで来たものです。しかし今では、その竹藪は切り開かれ小ぎれいな家が何軒も建ち、今年の夏は飛んで来ないだろう、と思っていたら、カナブンが飛んで来ました。見る限り、それらしき樹木など無いのに、一体どこから？　来年は、もう飛んで来ないかも知れません。彼らにとって、棲み良い環境が徐々に狭められるなか、懸命に〝今〟を生きているのだと思いました。

こうした場面に出会い、幾通りもの想像が芽生えて然りです。そこから、楽しい世界が広がります。皆さんにとっても、自然界の生き物たちと接する機会が多からんことを願っております。私も引き続き、こうした機会を大切にし、気持ちを書き留められたら、と思っております。

最後のページまでお付き合いくださり、ありがとうございました。

■ 著者経歴

浅 野 勝 美（あさの かつみ）

1944年12月生まれ。愛知県岩倉市在住。

名城大学法学部卒業。

会社員を続け、57歳で退職。１年間専門学校へ通い、宅地建物取引士の資格を得る。

同時に、浅野不動産株式会社を立ち上げる。

不動産業を続ける傍ら、地元行政区の役員を務める。

この頃より、本書に記された事柄に興味を持ち、執筆を続ける。

地元寺院の檀信徒総代。

岩倉ロータリークラブ所属。

あの山のふもとまで

詩と短編小説集

発 行 日　2024年５月27日

著　者　浅 野 勝 美

発行所　一 粒 書 房

〒475-0837 愛知県半田市有楽町7-148-1
TEL(0569)21-2130　FAX(0569)22-3744
https://www.syobou.com　mail:book@ichiryusha.com

編集・印刷・製本　有限会社一粒社

ISBN978-4-86743-262-4 C0092